U0565167

爱你, 西蒙

[美] 贝奇·艾伯特利 / 著　刘勇军 / 译

Simon vs. the Homo Sapiens Agenda

Becky Albertalli

上海三联书店

献给布莱恩、欧文和亨利，
你们是我所有爱情故事的开始。

1

这次谈话怪怪的，感觉有些微妙。我差点儿没瞧出来自己正在被人讹诈。

我们坐在后台的金属折叠椅上，马丁·艾迪森说："我看了你的邮件。"

"什么？"我抬起头。

"今早的事儿，在图书馆。不过，我不是故意的。"

"你看了我的邮件？"

"嗯，我正好在你后面用了那台电脑，"他说，"我登录谷歌邮箱的时候，发现你的账号跳了出来。你不应该忘记退出账号。"

我目瞪口呆地盯着他看。他用脚尖轻点着椅腿。

"对了，你为什么要用假名？"他问。

呵呵，我想说用假名的目的就是防着马丁·艾迪森这号人，不让他们知道我的秘密身份。

我猜他肯定是看见我坐在那里用电脑了。

看来我就是个十足的笨蛋。

他意味深长地笑了笑："说到这事儿，我猜你可能会有兴趣知道，我哥是弯的。"

"呃，我没兴趣。"

他定定地看着我。

"你到底想说什么？"我问。

"没什么。听着，斯皮尔。我对同性恋没偏见，这种事儿没什么大不了的。"

偏见是没有，只不过事情会变得有些麻烦，说不定我就要大祸临头，就看马丁能不能闭紧他那张嘴了。

"这真挺尴尬的。"马丁说。

我都不知道该怎么回他这句话。

"你显然不想让人知道。"他说。

我猜可能吧。虽然出柜这事儿对我来说并没那么可怕，但确实特别尴尬。我不会假装盼望着这事儿发生，但说到底即使发生了也不会是什么世界末日，至少对我来说不是。

问题是，我不知道这对小蓝会意味着什么——如果马丁把这事儿捅出去的话。小蓝是个非常注重隐私的人，这样的人是不会忘记退出电子邮箱的。他说不定永远都不会原谅我的粗心大意。

我不知道这对我们将意味着什么。我们，是指我和小蓝。

但是，打死我也不相信，我现在正跟马丁这小子聊这个话题。谁都可能在我之后登录谷歌邮箱，可那个人偏偏就是他。你得明白，要不是他们关闭了这里的无线网络，我一开始就不会用图书馆的电脑。

我也不知道哪根筋搭错了，愣是等不及回家用笔记本登录，甚至等不及去停车场用我的手机查看电邮。

因为今天早上我用我的秘密账号给小蓝写了封电邮。邮件很重要，我迫不及待想看看他有没有回信。

"我真觉得人们不会对这样的事情大惊小怪。"马丁说，"做自己就行了。"

我都不知道该从何说起。这个几乎不怎么了解我的直男正一本正经地叫我出柜。我翻了翻白眼。

"好吧，随你。我不会给人看的。"他说。

那一瞬间，我还傻傻地松了一口气。但我突然醒悟过来。

"不会给人看？"我问。

他的脸唰地一下红了，手不安地摩挲着袖口。他的表情令我的胃骤然一紧。

"你……你不会是截图了吧？"

"呃，"他支支吾吾道，"我正想跟你说这事儿呢。"

"什么……你他妈的居然截图了？"

他抿着嘴唇，眼神越过我的肩膀望向远方。"对了，"他说，"我知道你跟艾比·苏索是好朋友，所以，我想问问……"

"你不是在开玩笑吧？也许咱们还是先来谈谈你为什么会将我的电邮截图这事儿。"

他顿了顿。"我是说，呃，我在想你能不能帮我去跟艾比谈谈。"

我差点儿笑出声来。"那又怎样……你想要我帮你美言几句？"

"呃，是啊。"他说。

3

"我他妈的为什么要这么做?"

他看着我,我恍然大悟。这小子就是为了艾比的事儿。他这是在威胁我。如果我能帮忙,他就不会把我这封该死的私人邮件宣扬出去。

还有小蓝的邮件。

天哪!我真没想到,原先我以为马丁没什么恶意,坦白说,我原先觉得他只是有点儿讨厌,但这没什么大不了。我一直以为他只是喜欢闹腾罢了。

可现在我已经笑不出来了。

"你这是在逼我。"我说。

"逼你?拜托,不是这样的。"

"呵呵,那是怎样?"

"反正不是你想的那样的。我是说,我真的挺喜欢那个女孩,希望你能帮我撮合撮合,她在场的时候也叫上我。差不多这样吧。"

"如果我不这么做呢?你就把我的电邮放到'脸书'[1]上?放在该死的轻博客[2]上吗?"

天哪。溪林高中的轻博客小溪秘密论坛绝对是各种八卦的温床。不出一天,整个学校都会知道。

我们两个都沉默了。

"我只是觉得咱们可以互相帮助一下。"良久,马丁开口道。

1　Facebook,美国的一个社交网络服务网站。

2　Tumblr,是目前全球最大的轻博客网站,也是轻博客网站的始祖。它是一种介乎传统博客和微博之间的全新媒体形态,既注重表达,又注重社交,而且注重个性化设置,成为当前最受年轻人欢迎的社交网站之一。——后文注释如无特别说明,均为译注。

我用力地吞了吞口水。

"马迪准备。"奥尔布莱特老师在舞台上喊道,"第二幕,第三场。"

"好了,你好好想想。"他说着离开了椅子。

"好啊。我是说这个主意真他妈太好了。"我说。

他看着我,再次沉默。

"我不知道你到底想要我说什么。"我最后说。

"呃,随便吧。"他耸耸肩。我这辈子从来没像现在这样巴不得一个人赶紧走。但他的手指拂过窗帘,转身看着我。

"好奇问一句,"他说道,"小蓝是谁?"

"没谁。他住在加州。"

如果马丁觉得我会出卖小蓝,那他真是疯了。

小蓝当然不是住在加州。他就住在荫溪大道(Shady Creek),跟我们念的是同一所学校。小蓝并非他的真名,他只是某个人,甚至可能是我认识的人。但我不知道他是谁,也不确定要不要去认识他。

我现在完全没有心情跟家里人说话,在吃晚饭之前我大概有一个小时的时间,这意味着我要在这一个小时里将学校发生的事情编成一串儿奇闻轶事,然后绘声绘色地讲出来。因为我父母就是这样的人。比方说,只草草地跟他们说法语老师那双平淡无奇的靴子,或者加勒特在食堂里把饭盘掉了可不行,你还得配上夸张的肢体语言。跟他们说话比写博客还累。

不过这种事情其实也挺有意思的。往常我很喜欢在饭前胡侃一番,现在却恨不得立即出门。今天是个例外。我轻轻一拉比伯(Bieber)

的狗链，牵着它出了门。

我试着用 iPod 听泰根和莎拉[1]的歌来放松，但老忍不住去想小蓝和马丁·艾迪森，今天发生的糟心事一遍遍在我脑中回放。

也就是说，马丁喜欢艾比，跟大学预修班上其他令人讨厌的直男一样。而他的要求很简单：我跟艾比一起玩儿的时候能带上他。要真是这样的话也没什么大不了。

除非他是在敲诈我，到时候再敲诈小蓝。想到这里，我真想找个东西踹一脚。

但泰根和莎拉的歌倒是挺有帮助的。我朝尼克家走去，心情总算好了一些。空气很清新，有种早秋的感觉，外面早已人头攒动。我喜欢这样的感觉，打小就喜欢。

我和比伯绕到尼克的后院，进入地下室。正对门有台超大的电视机，电视上是圣殿骑士正在受虐的情景。尼克和利亚正坐在摇椅上玩电子游戏，看样子他们应该整整一个下午都没有挪动过。

我走进去的时候，尼克暂停了游戏。尼克这小子是这样的，要是他在弹吉他，谁也别想让他停下来，但如果是玩电子游戏，那就没问题了。

"比伯!"利亚喊道，不到几秒钟，那只狗已经笨拙地将屁股挪到了她的大腿上，伸出舌头，脚还在不停拍打着。这家伙在利亚面前真不知道害臊。

"不是吧。你这家伙居然只欢迎狗狗，把我这个人当成空气了?"

1　Tegan And Sara，加拿大双胞胎姐妹组成的乐队。

6

"呵呵，你也要我帮你挠耳朵吗？"

我咧嘴笑了笑。这样的感觉真好，生活一切如常。"你找到叛徒了吗？"我问。

"我把他干掉了。"他拍了拍摇杆说。

"不错。"

老实说，我之前压根儿就不在乎杀手、圣殿骑士或者游戏里任何角色带来的快感。不过，我觉得我现在需要这种感觉。电子游戏的暴力、地下室的味道，还有跟尼克和利亚待着时那种无拘无束的感觉，都能让我完全放松下来。偶尔说会儿话，偶尔沉默，享受着十月中旬午后的那份慵懒。

"西蒙，尼克没听说过靴子的事儿。"

"哦哦。这是一段关于靴子的感人的故事。[1]"

"请讲英语好吗？"尼克说。

"你也可以用手势表演出来。"利亚道。

结果，我真的惟妙惟肖地模仿了一遍法语老师穿高跟靴的样子。

也许我是真的喜欢表演。至少有那么一点点喜欢。

我感觉又回到了和尼克还有利亚六年级那次实地考察之旅，不知道该怎么解释现在这种感觉，当时就我们三个人，虽然感觉傻傻的，却很舒心。而这一刻正是如此，没有马丁·艾迪森，也没有什么秘密。

感觉傻傻的，却很舒心。

利亚将包装纸撕碎了，他们两人手里各自端着一个超大的塑料杯，

1　原文为法语 "Le wedgie. C'est une histoire touchante"。

里面装着福来鸡快餐店买的甜茶。说真的，我有一阵没去福来鸡了。在老妹告诉我他们捐钱欺负同性恋之后，我便觉得去那里吃饭怪怪的——尽管那里有霸王杯的奥利奥奶昔，泡沫又多，而且味道不错。倒不是说我要在尼克和利亚面前提这事。我从来不会在别人面前说同性恋这档子事儿。

除了小蓝。

尼克喝了一大口茶后，打了个哈欠，利亚立即拿起一个小小的纸团，想塞到他嘴里。但尼克很快闭上了嘴，没让她得逞。

她耸耸肩。"继续打哈欠啊，你这个瞌睡虫。"

"你为什么累成这样啊？"

"因为我去参加派对了，每晚都玩通宵。"尼克说。

"你说的'派对'是指你的微积分家庭作业吧。"

"随便你怎么说，利亚。"他身子往后仰了仰，又打了个哈欠。这次，利亚的纸团擦到了他的嘴角。

他将纸团轻轻弹了回去。

"对了，最近我一直做些奇怪的梦。"他又说。

我扬了扬眉毛。"哈哈，信息量很大？"

"呃，不是那样的梦。"

利亚的脸唰地一下红了。

"不不不，"尼克说，"就是那种很奇怪的梦，感觉很真实。比如说我梦见自己在洗手间里戴隐形眼镜，结果却不知道哪个镜片进了哪只眼睛。"

"好吧。可这有什么呀？"利亚将脸埋在比伯毛茸茸的脖颈后面，说话的声音含糊不清。

"没什么。后来我醒了，把隐形眼镜像平常那样戴好，一切都还好。"

"这样的梦也太无聊了。"她说。过了一会儿她又说："你的梦不正预示着隐形眼镜盒上要标明左右吗？"

"也可以这么理解，人们应该戴上眼镜，而不要老是去摸眼球。"我盘着腿坐在地毯上。比伯从利亚的大腿上滑了下来，朝我走来。

"因为你戴上眼镜看起来像哈利·波特，对吗，西蒙？"

这样的话我只说过一次，就一次。

"呃，可能是我的潜意识想告诉我什么吧。"尼克觉得自己很聪明的时候，真的是又蠢又萌，"梦其实就是愿望的体现。我错过了什么？我的盲点又是什么？"

"你收藏的那些音乐吧。"我说。

尼克坐在电子游戏椅上，轻轻往后摇了摇，又喝了一大口茶。"你知道弗洛伊德在研究理论过程中是怎么解释自己的梦的吗？他相信所有的梦都是期望潜意识里的愿望可以得到满足。"

我和利亚面面相觑。我知道我们在想同样的事情。他是不是胡说八道不重要，因为尼克在谈论哲学问题的时候，感觉帅帅的。

当然，我有个原则，就是绝不会喜欢直男。至少不会喜欢绝对纯正的直男。反正依照我的原则，我绝不会喜欢尼克。但利亚喜欢他。这样，各种问题就来了，特别是现在还把艾比牵涉进来了。

起初，我并没有弄明白为什么利亚会讨厌艾比，直接问她也没问出来。

"噢，她超棒的。你瞧，她是啦啦队队长。而且人长得漂亮，身材又好。这还不够啊?"

不过有件事你得明白,利亚说话时面无表情的样子谁也比不上。

但后来我发现,尼克在吃午饭的时候跟布拉姆·格林菲尔德换了个座位——他是经过精心计算的,因为换了座位后跟艾比相邻的机会最大。尼克还有个撒手锏,他那双情意绵绵的眼睛可是出了名的。高一那年结束的时候,我们跟艾米·艾弗雷特就经历过这种恶心的事儿。不过我得承认,尼克喜欢某个人的时候,紧张的样子还真是有点迷人。

所以,当利亚看到尼克脸上的表情时,也没再说什么了。

这样也意味着我有充分的理由去帮马丁牵线。如果马丁和艾比真的在一起了,尼克和利亚的问题也就迎刃而解了。到时候利亚也能冷静下来,一举两得。

所以,这事儿不只是跟我和我的秘密有关。照这样说的话,其实整件事情跟我个人也没多大关系了。

2

发件人: hourtohour.notetonote@gmail.com

收件人: bluegreen118@gmail.com

日期: 10 月 17 日, 00: 06

主题: 回复: 你什么时候知道的

小蓝, 这是一个相当色情的故事。我是说, 中学如同一部没完没了的恐怖片, 呃, 可能不应该说没完没了, 因为中学已经结束了, 只是这个结局会给你的灵魂刻上深深的烙印。我不在乎你是谁。青春是残忍的。

我很好奇——你爸再婚后你有见过他吗?

我甚至不知道什么时候意识到这种事儿的。都是些琐碎的小事。像是我曾做过的一个关于丹尼尔·雷德克里夫[1]的梦, 特别奇怪。还

---

1 Daniel Radcliffe, 英国影视演员, 哈利·波特系列电影主演。

有我在中学的时候对学究男乐队[1]很是着迷，后来我才意识到，我迷的并不是音乐。

八年级[2]的时候，我有了女朋友。所谓的女朋友是你只是在学校里跟她约会。而且在学校也做不了什么事情。我想我们应该牵过手吧。所以，我们以舞伴的身份出席了八年级的舞会，但我和朋友整晚都在吃炸鱼，在露台下面偷窥别人。后来，有个陌生的女孩过来告诉我，我的女朋友在体育馆前面等我。我想我应该出去找她，然后做点让人害羞的事情。比方说像初中生那样嘴对嘴接吻。

所以，接下来的一刻我做了一件最让我引以为豪的事儿：我跑了，像个傻不拉几的幼儿园小朋友一样藏在洗手间里。我把隔间的门关上，然后蹲在马桶上，以防露出双腿，就像是女生会冲进来把我拎出去一样。我对天发誓，那天，我在洗手间里待了整整一个晚上。后来，我再也没跟我女朋友说过话。

对了，那天还是情人节，正因为我表现出的那种"气质"。所以，没错啦，如果我自己够坦诚的话，那个时候我就应该知道自己的性取向了，只不过那次以后我又交了两个女朋友。

你知道吗？这绝对是我写过最长的一封电邮了。我真没开玩笑。能让我写的信超过140字的，你可能是唯一一个了。很惊喜对吧？

好了，先写到这里吧。我没撒谎，今天真是奇怪的一天。

雅克

---

1 **Passion Pit** 乐队，由五个不修边幅的学究组成。

2 相当于中国大陆的初二。

发件人：bluegreen118@gmail.com

收件人：hourtohour.notetonote@gmail.com

日期：10月17日，20：46

主题：回复：你什么时候知道的

我真的是唯一一个收到过你这么长信的人吗？那真是受宠若惊，真的很荣幸，雅克。说来真有意思，因为我一般不写电邮。除了你，我从来没跟人说过这事儿。

不管怎样，如果你所谓的最引以为豪的日子发生在初中，那可真够沮丧的。你是不知道我有多讨厌初中念书的日子。我记得每次你说完话后，就会有一些人双眼空洞地看着你说："呃，好——吧——"所有人的表现都很明显，那就是他们并不在乎你心里在想什么，也不在乎你的感受，你只感受到无尽的孤单。最糟糕的是，你也会以同样的方法对待别人。想起这样的事情我就会觉得有点儿恶心。

其实，我想告诉你的是，你真应该好好休息一下。过去有些事情确实不堪回首。

现在回答你的问题，老爸结婚后，我见过他几面，大概一年两次左右吧。我的继母好像总有家庭聚会什么的。我想她现在应该怀孕了吧。

其实这事儿也没什么难为情的，真的，因为我早就想过。挺神奇的，对吗？有些人能让你产生性取向危机，他们自己却不明就里。坦白说，他可能仍然把我当成他表哥那个12岁大的怪胎继子。

所以，我觉得这个问题的答案是显而易见的了，但我还是要问一下：如果你知道你是弯的，你要怎样跟那些女朋友分手？

知道你经历了奇怪的一天，我也很难过。

小蓝

发件人：hourtohour.notetonote@gmail.com

收件人：bluegreen118@gmail.com

日期：10月18日，23：15

主题：回复：你是什么时候知道的

小蓝：

没错，那样死气沉沉地回答“好——吧——”真是挺无聊的。而且那些家伙说这话的时候还会蹙起眉头，小嘴噘得跟个屁眼儿似的。好吧，我也说过这样的话。咱们念初中的时候的确遇到过很多恶心事儿。

我觉得女朋友这档子事儿很难解释清楚。有的事情就那样发生了。很明显，八年级的情侣关系真是一团糟，所以，那个时候的情况应该另当别论。至于另外两个女朋友：其实她们两个本来是朋友，之后我发现她们都喜欢我，我才开始跟她们约会的。最后我被她们甩了，可我并不觉得痛苦。高一和我约会的那个女孩儿，到现在还是我的朋友。要我说实话吗？我觉得我交女朋友的真正原因是我并没有百分百确信自己是弯的。或者是我觉得我不可能永远是个弯的。

我知道你现在可能想这么说：“好——吧——”

雅克

发件人：bluegreen118@gmail.com

收件人：hourtohour.notetonote@gmail.com

日期：10月19日，8：01

主题：义务

好——————吧——————

（蹙起眉头，把嘴噘得像屁眼一样，外加别的表情。）

小蓝

3

被马丁抓包的事儿本来就够闹心的，但最烦的是，这事儿我还不能跟小蓝说。可是，我并不习惯在他面前保守秘密。

我的意思是，有很多事情我们都不会向对方倾诉。我们只会谈论一些热门事件，但从来不说和我们自身有关的细节信息——比如朋友的名字，还有学校的具体情况。反正就是些可能暴露我们身份的信息。但我觉得这些算不得秘密。倒像是我们之间一个不成文的规定。

如果小蓝真的是在溪林高中念高三，那他在这所学校里肯定有储物柜和成绩单，而且"脸书"上也会有他的个人资料，这样说的话，我是肯定不会把所有事情都告诉他的。其实我的意思是，他的确是溪林高中的学生，这个我知道。不过，他也只是我的网友。有些东西很难解释得清楚。

一开始是我主动找到他的。那是在八月份刚刚开学的时候，我在轻博客上找到了他。小溪秘密论坛可以匿名吐槽，随便把自己的心事说出来，而别的人也可以任意发表评论，但他们并不会真正评判你。

除了这些，论坛还充斥着各种流言蜚语和狗屁不通的诗，甚至还有错字连篇的《圣经》引文，全是这种乱七八糟的东西，谁都不会在意。我就喜欢到这样的论坛上去溜达，甚至有点上瘾。

我也正是在这里发现了小蓝的帖子。那个帖子从某种程度上来说算是和我有关的。那时候我压根儿就没把这事儿扯到同性恋上面。因为我心中并没有这个概念。那种感觉就好比看到一首五行诗，语法正确，有着奇特的诗情画意，跟我以前读过的东西全然不同。

我猜那首诗是关于孤独的吧。但也挺奇怪的，因为我也没真觉得自己有多孤独。但小蓝描绘的那种感觉似乎说出了我的处境，像是他将我脑海里的想法一下子都扒拉了出来。

那种感觉有点像你可以记住某些人的行为，却永远搞不清他们心里在想什么。他们就像一幢房子，内部空间很大，窗户却很小。

而他让我内心的一切瞬间暴露无遗。

他的感受隐藏得很深，却又表达出他就是个弯的。

我看到那个帖子的时候莫名地感到恐慌和不自在，但又有一丝兴奋。

他说人和人之间就像隔着一个汪洋大海，关键是要找到值得游去彼岸的理由。

我当时就觉得我必须结识这个人。

最后我鼓起勇气，用粗体字写下两个字："这儿。"我不知道还能回复些什么了。然后把我的电邮地址贴在上面，也就是我那个秘密的谷歌邮箱账号。

接下来的那个星期，我一直在猜测他会不会联系我。后来他真的联系了我，再后来，他跟我说我的评论让他有点儿紧张。他真的是个很谨慎的人。很显然，他比我还谨慎。坦白说，如果小蓝发现马丁·艾迪森把我们的电邮截图了，我相信他一定会抓狂的，但他会以自己特有的方式抓狂。

那就是，他不会再给我发电邮。

我清楚地记得第一次收到他邮件时的感受。那种感觉不太真实。他在邮件里说想了解我。之后那几天在学校的时候，我总是有种自己是一个电影角色的感觉，几乎都能想象出自己的脸在宽银幕里特写镜头的样子。

这种感觉很奇怪，因为在现实生活中我并不是主角，但也许我是一个好朋友。

我从来没觉得自己是个有趣的人，但小蓝对我的示好让我自我感觉颇为良好。所以我没把这事儿告诉他，因为我可不想失去他。

整整一个星期，无论上课还是彩排，我都躲着马丁，但我看到他一直想吸引我的注意，我承认这种做法的确挺懦夫的，而且特别愚蠢，因为我已经决定帮他了，也可以说我已经认栽了，随便吧。说实话，这样的行为让我有点儿不舒服。晚饭的时候我一直心不在焉。爸妈倒是特别开心，因为今晚是《单身女郎》[1]之夜。我一脸严肃，就跟在做真人秀一样。其实节目我们昨晚就看了，但今晚我们要跟在卫斯理大学的爱丽丝通过网络电话讨论它，这是斯皮尔家族的新传统。我觉得

1　美国一档相亲节目。

这事儿也太荒唐了。

可我对他们讨论的东西根本一无所知。我这一大家子向来如此。

"里昂和妮可最近怎么样?"父亲一边问一边转动着咬在嘴里的叉子。爸爸故意把利亚和尼克的性别对换了[1],这是他一贯的幽默。

"挺好的。"我说。

"LOL[2],爸爸。"诺拉面无表情地说。诺拉是我妹妹。最近,她特别喜欢把缩略语大声说出来,不过她在打字的时候却从来不会用。我觉得她这么说是在讽刺。她看着我说:"西,你最近有没有看到尼克在走廊外面弹吉他?"

"听上去尼克好像想找个女朋友。"妈妈说。

真有意思,妈妈,因为你"说出"真相了。其实,我正要阻止尼克追求他喜欢的女孩儿,这样马丁·艾迪森就不会告诉整个学校的人我是同性恋了。对了,我有提到过自己是同性恋吗?

我意思是说,那些人是怎么开始成为同性恋的呢?

要是我住在纽约的话情况可能会有所不同,但是我不知道在佐治亚州该怎么当个同性恋。我们就住在亚特兰大郊外,所以,我知道这样情况可能更糟。但溪林高中显然也不是那么前卫。在学校里,的确会有一两对男生走在一起,而其他的学生肯定会对他们指指点点,倒也不会说些特别难听的话。但"基佬"这样的字眼还是随时都可能听到。我想学校里还有些女同性恋和女双性恋,但我觉得女生的处境

1　利亚是女生,尼克是男生,跟里昂和妮可谐音,而里昂是男生的名字,妮可是女生的名字。

2　Laugh out loud 首字母缩写,哈哈笑的意思。

可能会不一样，也许更容易一些。要说我在轻博客上学到了什么东西，那就是很多男生都会觉得女同性恋很辣。

不过，我觉得未必如此，因为有些像利亚这样的女生就喜欢用铅笔画耽美[1]素描，然后贴到网上。

我就觉得那样的画挺酷的。利亚的画真的很棒。

而且利亚还喜欢吐槽同人小说，我对此很好奇，便在去年暑假从网上找了不少这样的小说。我真不敢相信小说的题材居然这么广：例如在霍格沃茨的每间杂物室里，哈利·波特和德拉科·马尔福就有上千种厮混方式。我找了一篇语言还不错的，看了一整晚。那几个星期我感觉怪怪的。也正是那个暑假我学会了洗衣服。我觉得有些袜子不应该让妈妈洗。

吃完晚饭后，诺拉在客厅的台式电脑上打开 Skype[2]。在摄像头里，爱丽丝看起来好像有些不修边幅，不过可能是因为发型的缘故：她的头发是亚麻色的，很凌乱。其实我们三个人的发型都挺搞笑的。爱丽丝的后面是一张没有整理的床，上面摆满了枕头，有人买了一块蓬松的圆毯子铺在几英尺宽的地板上。爱丽丝居然跟一位来自明尼阿波利斯的陌生女孩住在同一间宿舍，想象一下还真是挺神奇的。比如说，谁能想到会在爱丽丝的房间里发现跟体育有关的东西？可那的确是明尼苏达双城队的物品。

"好吧，你的视频用了滤镜效果。我打算……哎呀，等等，你这

1　指二次元中的男同性恋。

2　一款即时通信软件。

样看起来不错嘛。噢，天哪，爸爸，那是玫瑰吗?"

爸爸手里拿着一支玫瑰，正冲着摄像头咯咯笑。每次聊到《单身女郎》的话题，我们全家人都会变得不正常，我不是在开玩笑。

"西蒙，来模仿一下克里斯·哈里森[1]。"

事实上，我模仿哈里森还真有一手。至少在正常情况下我会做得很出色。不过我今天可不在状态。

我现在心事重重。除了祈祷马丁千万别将邮件公之于众外，我还老惦记着之前在邮件里跟小蓝讲的那些东西。自从小蓝问过女朋友的事情后，我一直觉得挺别扭的。我在想他是不是觉得我并不是弯的，我记得他发现自己是同性恋后，就没和女孩约会了，事情就这么简单。

"迈克尔·D.声称自己曾在情爱套房里纯聊天。"爱丽丝说，"你们相信吗?"

"我压根儿就不信，孩子。"爸爸答道。

"他们老这样说。"诺拉歪着脑袋说，我这时才发现她的耳朵上打了五个耳洞，恰恰围着整个耳郭。

"是吗?"爱丽丝说，"老弟，你要加入辩论吗?"

"诺拉，你什么时候弄的这些洞?"我一边摸着自己的耳垂一边问她。

她的脸红了。"上个星期吧。"

"给我看看。"爱丽丝说。诺拉把耳朵转向摄像头。"哇。"

"我的意思是说你为什么要打耳洞啊?"我接着问道。

1　《单身女郎》的主持人。

"因为我想啊。"

"可是，为什么打这么多呢?"

"咱们现在能不能讨论情爱套房?"她说。每次成为众人关注的焦点时，诺拉都会不自在。

"好吧，继续谈谈情爱套房的事儿，"我说，"他们肯定有去。不过我可以肯定，在情爱套房里不可能只是纯聊天。"

"那也不一定跟性爱有关吧。"

"我的天哪。"

我觉得，如果不惦记着我喜欢别人这种难为情的事儿，那么谈恋爱会容易些，就像我可以和女生友好相处，也可以跟她们接吻，和她们约会也并不难。

"丹尼尔·F.呢?"诺拉一边问，一边将一缕头发拨到耳后。说真的，打耳洞这事儿我真的没办法理解她。

"好吧，丹尼尔·F.就是最帅的那个。"爱丽丝说。妈妈和爱丽丝总喜欢用"花瓶"形容这些人。

"你不是跟我开玩笑吧?"爸爸说，"那个同性恋?"

"丹尼尔不是同性恋。"诺拉反驳道。

"孩子，他绝对是弯的，对他来说，同性恋就是一团永恒的爱火。"

我的整个身体顿时绷紧了。利亚曾经说过，她宁愿人们直接叫她胖子，也不愿坐在那里听她们诋毁别的女孩的体重。这话说得一点儿也没错。没什么比听到别人在无意中揭自己的短更糟糕的事了。

"爸爸，别说了。"爱丽丝嗔怪道。

爸爸应景地唱起了"手镯合唱团"的《永恒的爱火》。

我永远也搞不清爸爸是有意说起同性恋的，还是故意想逗爱丽丝发火。我是说，尽管我不可以对此毫不知情，但如果这是他内心的真实想法，我能了解当然最好。

午餐时还发生了另一件事。距离上次马丁敲诈我不到一个星期，我排队打好饭后，马丁堵住了我的去路。

"你想干什么，马丁?"

他看了一眼我的餐桌。"还有空位吗?"

"呃，"我低头看了看，"没啦。"

接下来是尴尬的沉默。

"已经有八个人了。"

"我看那边没坐满啊。"

我不知道该说些什么。吃饭的时候，大家会坐固定位置。我觉得这是宇宙最基本的法则。

你不能在十月就随随便便地换了位置。

我们这一桌的人尽管怪怪的，但每天都坐在一起。我、尼克、利亚，还有利亚的两个朋友摩根和安娜，她们都喜欢看日本漫画和画黑色的眼线，她们两个的座位倒可以互换。我和安娜从学年初开始约会，我现在仍然觉得如果约会对象换成摩根也是可以的。

还有尼克那几个难以捉摸的橄榄球队的朋友：沉默寡言的布拉姆，喜欢泼冷水的加勒特，再就是艾比。她是开学初从哥伦比亚特区转学过来的，我觉得我们几个人还算聊得来吧。像是命运的安排，又像是按照字母顺序分配到了指定的教室。我们恰好八个人，刚好坐满一桌。而且，这个餐桌本来就只能坐六个人，我们多加了两把椅子才挤在一起。

"好吧。"马丁在他的座位上把身子往后仰，抬头看着天花板。"我以为艾比的事儿咱们早就说好了，但是……"

然后他扬了扬眉毛看着我，不像是在开玩笑。

看来在讹诈条款上我们并没有达成一致，但意思不言自明：不管马丁要我做什么，我都得照办。

真他妈的搞笑。

"听着，我也想帮你。"

"随你怎么说，斯皮尔。"

"听着，"我压低嗓门，近乎耳语对他说道，"我正打算跟她说，好吗？但这事儿得由我来做。"

他耸耸肩。

我感觉他那惹人讨厌的眼神能穿透我的身体，直射到餐桌上。

我必须表现得正常点，但并不代表我想说什么都行。不过，我想我现在必须要跟艾比聊一聊马丁，但我想说的话完全违背了我的本意。

让艾比喜欢这小子可能有点儿难，因为我自己都有些受不了他。

不过我的感受跟艾比喜不喜欢他没什么关系吧。

尽管时间嘀嗒嘀嗒过得飞快，我仍然一筹莫展。我没跟艾比提起马丁，也没邀请马丁过来闲扯，当然也没将他们一同锁在空荡荡的教室里。老实说，我甚至不知道他到底想要什么。

我真希望能够尽可能躲着他，这段时间我经常玩失踪。要么就是黏着尼克和利亚，这样马丁就没办法找我说话了。星期二，我把车开进停车场的时候，诺拉跳了出来，见我并没有理她，她把头从后面探了进来。

"呃，你来不来啊？"

"终究是要来的啊。"我说。

"好吧，"她顿了顿说，"你没事儿吧？"

"什么？我当然没事儿啦。"

她定定地看着我。

"诺拉，我真没事儿。"

"好吧。"她说着往后退去，轻声关上车门，然后朝入口走去。我真的吃不准，有时候，诺拉的观察力真是敏锐得吓人，在爱丽丝上学之前我都没发现她这点。但跟她说马丁这事儿还真挺尴尬的。

我无所事事地玩着手机，刷新电子邮件，还在"油管"[1]上看音乐短片。但就在这时，有人敲了敲我的侧车窗，吓得我差点跳起来，我甚至开始担心逃不出马丁的魔掌了，不过车外的是尼克。我隔着窗户做了个手势，示意他进来。他钻进车里。"你在干什么？"

躲着马丁呗。

"看视频。"我说。

"噢，天哪，太好了。我脑子里不停放着一首歌。"

"如果这首歌是'谁人'乐团（Who）[2]唱的，"我告诉他，"或者

1　YouTube, 视频分享网站。

2　1964 年在伦敦成立的摇滚乐队。

25

德夫·史金纳又或者其他类似的人唱的，那绝对没门儿。"

"我还是假装没听见你说'德夫·史金纳'得了。"

我就喜欢尼克。

最后，我们互相迁就了一下，看了一段《探险活宝》，这部片子非常适合打发时间。我不时盯着钟，担心错过英语课。我只是得趁上课之前这段时间找个地方躲起来，以防马丁找我说话。

其实这样也挺有意思的。我知道尼克可以随便跟我聊聊，但他并没有问问题，也没有让我说话，我们习惯这样相处。我熟悉他的声音，熟悉他的表达方式，知道他一些奇怪的小动作，还有他时不时的自言自语。紧张的时候，他喜欢用指尖敲打拇指指腹。我想他可能也了解我的一些类似的习惯。我是说，我们四岁时就认识了。但大部分时间我都不知道他脑子里在想什么。

这让我想起了小蓝在轻博客上写的很多帖子。

尼克拿起我的电话，飞快地翻着视频文件。"要是能在这里找到基督像，那咱们就有理由翘了英语课。"

"呃，要是我们真能找到基督像，那我就用《探险活宝》回答申论题了。"他看着我，大声笑起来。

其实跟尼克在一起我并不觉得孤单，反倒是非常轻松。也许这是好事。

星期四彩排那天，我到得有点儿早，就从礼堂的侧门悄悄溜了出去，绕到学校后面。现在佐治亚州的天气其实挺冷的，午后好像还下了一阵雨。不过，说真的，我们这里总共就两种天气，一种是被动穿连帽衫的天气，另一种是主动穿连帽衫的天气。

我肯定把耳机放在礼堂的书包里了，平常我最讨厌通过手机的扬声器来听音乐了，但有音乐听终归比什么都没有好。我靠在食堂后面的砖墙上，在手机的音乐库里寻找勒达的专辑。我还没听过她这个专辑，但利亚和安娜非常喜欢，那应该还不错。

突然有人来了。

"好啦，斯皮尔，你到底在搞什么鬼？"马丁靠了过来，贴着我站在墙边说。

"我怎么了？"

"我觉得你在躲着我。"

我们两个都穿着匡威的运动鞋，我不知道是我的脚看起来太小，还是他的脚太大了。马丁可能比我高六英寸。我们投下的影子贴在一起，看上去非常荒诞。

"我没有。"我说。我离开砖墙，开始朝礼堂的方向走去。其实我是不想惹奥尔布赖特老师生气。

马丁追上了我。"我跟你说真的，"他说，"我不会给任何人看邮件的，知道吗？别担心。"

但我现在对他的话持百分百怀疑的态度，因为他这么说等于是在告诉我，他并没有删掉邮件截图。

他看着我，我对他的表情还真是捉摸不透。真有意思。我跟这小子做了这么多年同学，每次听完他说废话的时候我还会跟别的同学一起哈哈大笑。我一直都有看他演的戏剧。我们在唱诗班里甚至挨着坐了一年。但我几乎不怎么了解他，真的，应该说是完全不了解他的秉性。

我这辈子从来没像这样低估过一个人。

"我说过我会跟她谈谈的，"良久，我开口道，"成吗？"

我的手已经放在礼堂的门上。

"等等。"他说。我抬头望着他，他手里拿着电话。"要不我们交换一下电话号码，这样方便联系。行吗？"

"还有其他选择吗？"

"我是说……"他耸耸肩。

"我的天呐，马丁。"我抢过他的电话，用力地输入了我的号码，我实在是太生气了，连摁着键盘的手也在颤抖。

"太好了！我给你打个电话，这样你就有我的号码了。"

"随便吧。"

该死的马丁·艾迪森。我将通讯录里他的名字改成了"猴子屁股"。

我刚进门，奥尔布赖特老师就把我们统统赶上了舞台。"好了，费金、道奇、奥利弗，小伙子们，来吧。第一幕，第六场。开始。"

"西蒙！"艾比朝着我手舞足蹈，还戳了戳我的脸，"别再离开我了。"

"我是不是错过了什么？"我挤出一个笑容问道。

"没什么。"她压低声音说，"我被泰勒缠住了，感觉生不如死。"

"你是说那个金发大美女啊，那你可得悠着点。"

泰勒·梅特涅，一个追求完美的腹黑女孩。我真的不知道还能怎么解释。我总会想象她晚上坐在镜子前，一边梳头发，一边一缕缕地数头发的样子。她喜欢在"脸书"上问人历史测验考得怎么样。这么做可不是给你打气，只是想知道你的分数罢了。

"好吧，孩子们。"奥尔布赖特老师喊道，真可笑，因为舞台上只有我、马丁和卡尔·普莱斯的表演还比较凑合。"饶了我吧，因为我们还要设计一些舞台动作。"她理了理眼角边的刘海，捋到脑后。作为老师，奥尔布赖特老师真的很年轻，她有着一头亮红色的头发，就像电动红那样的颜色。

"第一幕第六场是扒手那场戏，对吗？"泰勒问，她就是那样的人，喜欢明知故问，以此来卖弄自己的学识。

"没错。"奥尔布赖特老师说，"开始吧，卡尔。"

卡尔是舞台监督，跟我一样是三年级的学生，他拿着一个蓝色大活页夹，里面夹着一份双倍行距的剧本稿，上面满是用铅笔做的笔记。他的工作就是将我们指挥得团团转，把我们折腾得筋疲力尽，这挺有意思的，因为他是我见过的最不会作威作福的人。他的声音软软的，南方口音很浓，那可不只是某几个音调有所不同，反正在亚特兰大很少能听到这样的口音。

他棕色的刘海乱蓬蓬的，我蛮喜欢的，还有那双深邃的海蓝色眼睛。我从没听说过他是同性恋，但我总觉得他有这种气质。

"好啦，"奥尔布赖特老师说，"道奇对奥利弗很友好，这是他第一次带奥利弗到自己的藏身处去见费金和别的男孩，你的目标是什么？"

"告诉他谁是老大。"艾米丽·戈夫说。

"也许是想给他点颜色瞧瞧？"米拉·奥多姆说。

"没错。他是新来的孩子，你不能让他好过。他有点呆，你想威胁他，然后偷走他的那些垃圾。"有几个人听到这话后哈哈大笑。作为老师，奥尔布赖特的脾气有点儿冲。她和卡尔把我们安排在相应的位置上，她说这叫"排好造型"。他们想让我躺下，然后用胳膊肘撑在一个讲台上，手里还掂着个小钱袋。等道奇和奥利弗进来的时候，我们所有人要跳起来，去抢奥利弗的书包。我想到一个点子，就是把书包塞在衬衣下面，双手扶着腰，像孕妇一样蹒跚地围着舞台走。

奥尔布赖特老师非常喜欢这个点子。

所有人都笑起来，老实说，这绝对是最开心的一刻了。礼堂除了舞台正上方的灯外，其余的都关了。大家的眼睛都亮晶晶的，我们沉浸在自己的傻笑中。我有点儿喜欢大伙儿了，甚至包括泰勒。

甚至马丁。他看到我的时候，朝我笑了笑，我也只得冲他咧嘴笑。说真的，这家伙真是个混蛋，他四肢发达头脑简单，很不好打交道，还可笑极了。不过我没有之前那么恨他了，反而对他有了点儿好感。

当然啦，我也没打算写首诗对他表示敬意。我不知道他想让我在艾比面前说些什么。我现在真的一筹莫展。但是我想——我会想出什么法子的。

彩排结束了，但是我和艾比仍然坐在舞台边，晃荡着腿，看着奥尔布赖特老师和卡尔在那个蓝色大活页夹里记笔记。南郡的晚班车还要等十五分钟才开，艾比回家的话还要多花一个小时。她和大部分的黑人小孩一样，每天乘车上下学的时间比我一个星期加起来的还要长。亚特兰大的种族隔离很奇怪，不过没有人谈论过这事儿。

她打了个哈欠，一只胳膊枕在脑后，平躺在舞台上。她穿着紧身裤和短花裙，左手腕上戴着一条象征友谊的编织手链。

马丁坐在对面几英尺远的地方，正慢慢地拉着背包的拉链，一看就知道他是故意这么做的。他像是强忍着没往我们这边看。

艾比紧闭着眼睛。她的嘴角永远挂着浅浅的笑容,身上散发着一股淡淡的气味,有点像法式吐司。如果我是直男,我想我肯定理解为什么那些男生会喜欢艾比。

"嘿,马丁。"我说,声音听起来怪怪的。他抬起头看着我。"你明天去加勒特那里吗?"

"我,呃,"他说,"好像有派对?"

"是万圣节派对,你应该来的。我把地址发给你。"

我发了一条短信给"猴子屁股"。

"嗯,我也许会去吧。"马丁说。他往前倾着身子站起来,随即被自己的鞋带绊了一下。然后他想做个舞蹈动作掩饰自己的窘态。艾比看到这一幕笑了,他也咧嘴笑了,只有我没有笑:这小子居然鞠了一躬,我是说我真不知道该怎么评论这事儿。我想,在嘲笑别人和跟别人一起笑之间有一种模糊的中间地带。

我很确定马丁就是这个中间地带。

艾比转头看着我。"我不知道你跟马丁原来是朋友呢。"

这他妈的是我迄今为止听过的最搞笑的笑话。

4

发件人：hourtohour.notetonote@gmail.com

收件人：bluegreen118@gmail.com

日期：10 月 30 日，21：56

主题：回复：空香肠

小蓝：

　　我想我长这么大还从未试过穿特别怪异的万圣节服装。我的家人倒是喜欢摆弄搞怪的衣服。我们过去经常比赛，看谁的衣服能让我爸笑得最厉害。有一年，我妹把她自己扮成了垃圾桶，是真真正正的垃圾桶，里面装满了垃圾。我就是一招鲜。穿裙子的男孩这个创意永远都不过时（我想后来这个创意还真过时了——上四年级那会儿，我把自己打扮成了摩登女郎，对着镜子一看，吓了一大跳，难为情死了）。

　　好啦，我想说，我的目标就是既要简单，又要疹气。真不敢相信你不装扮。你就没想到，你这是放弃了当一晚别人的大好机会吗？

你失望的朋友，

雅克

发件人：bluegreen118@gmail.com

收件人：hourtohour.notetonote@gmail.com

日期：10月31日，8：11

主题：回复：空香肠

雅克：

抱歉让你失望了。我不是反对化装，你提到了一个令人信服的理由。我完全明白当一晚（或是经常）别人这事儿挺有吸引力。事实上，我小时候也只会一招。我总是扮成超级英雄什么的。我看我是很喜欢想象自己拥有那种复杂又秘密的身份。可能我现在还是如此。也许我们发这些邮件，全部意义正在于此。

不管怎么说，我今年不会化装，因为我不出门。我妈去参加一个工作聚会了，我得待在家里等着发巧克力。我肯定你明白，没什么比一个十六岁男孩儿在万圣节那天穿着万圣节服装，独自在家，还要去给熊孩子们开门，更悲催的事了。

你的家人听起来挺有意思。你是怎么说服你爸妈给你买裙子的？我敢打赌，你扮起摩登女郎来一定风情万种。你爸妈有没有要求你穿适合这个季节的万圣节服装？我还记得，有一年，就因为绿灯侠不会穿什么高翻领毛衣，我还大发脾气来着。可回想起来，他还真穿过那种衣服。对不起，老妈！

不管怎么说，我都祝你好好享受不是雅克的一天。再祝所有人都喜欢你那套忍者服装。(你肯定是要扮忍者。简单和痞气的完美结合?)

小蓝

发件人：hourtohour.notetonote@gmail.com

收件人：bluegreen118@gmail.com

日期：10 月 31 日，8：25

主题：回复：空香肠

扮忍者？你挺会吸[1]，不过没中。

雅克

发件人：bluegreen118@gmail.com

收件人：hourtohour.notetonote@gmail.com

日期：10 月 31 日，8：26

主题：回复：空香肠

1　这里是雅克的笔误，本来他要说的是 such，意思是小蓝很会猜测，但他写错了，写成了 suck，小蓝在下一封邮件里调侃他，因为在英文中 suck my dick 表示口交，所以雅克会很尴尬。

啊——自动纠正失误。"吸"？吸什么？"小弟弟"？

发件人：hourtohour.notetonote@gmail.com

收件人：bluegreen118@gmail.com

日期：10 月 31 日，8：28

主题：回复：空香肠

老天！！！！！！！

我不是说吸，我说的是猜。我要说的是"你挺会猜"。天呐！就
因为这个，我才不用我的手机给你写邮件。

反正我现在要尴尬死了。

雅克

5

讲真，这世上就没有比周五过万圣节更刺激的事儿了。白天上学的时候，感觉好像浑身有使不完的劲儿，学习都显得不那么无聊，老师也变得有趣了。我能感觉到用胶带贴在我帽兜上的猫耳朵，用别针别在牛仔裤屁股部位上的尾巴，我不认识的孩子们在走廊里冲我笑，很友好。真是超棒的一天呀。

艾比和我一块回家，我们等会儿会步行去尼克家，这样利亚就能把我们所有人都接走。利亚已经十七岁了，在佐治亚州，这就意味着在开车方面会有很大不同。现在，除了诺拉，我每次开车可以再载一个人，但仅此而已。我的父母在很多事情上都是睁一眼闭一眼，但一说到开车，他们就化身成了邪恶疯狂的独裁者。

一到厨房，艾比就坐在地上和比伯腻在一起。她和利亚或许没有多少共同点，但她们都很喜欢我的狗。比伯这会儿可怜巴巴地躺在地上，肚子朝上，做梦似的盯着艾比。

比伯是只金毛猎犬，一双棕色大眼流露出狂热的神情。爱丽丝很满意她给比伯起的这个名字。我不想撒谎，的确是很适合。

"我们要去哪儿？"艾比抬头看着我问。她和比伯抱在一起，她的发带都滑到了眼睛上。今天是万圣夜，很多人都在学校里低调地乔装改扮了，他们戴着动物耳朵和面具。艾比从头到脚打扮成了埃及艳后。

"加勒特家？估摸在罗斯威尔路吧？问尼克，他知道。"

"那就是说，去的人大多数都是橄榄球队的了？"

"可能吧。我不知道。"我说。

我是说，"猴子屁股"给我发了短信，确定他会去。不过我不喜欢提到这家伙。

"噢，随便吧。到时候肯定很有意思。"她挣扎了几下，拉开和狗狗的距离，她的外衣都被扯到了大腿位置。但她穿了紧身衣。我觉得这真好玩儿。就我所知，大家都以为我是直的，可艾比似乎早就猜到她在我身边不用忸怩作态。也有可能她本来就是这个样子。

"嘿，你饿不饿？"她说。我这才意识到应该给她拿点吃的。

我们用烤箱做了烤奶酪三明治，拿到客厅一边看电视一边吃。诺拉正窝在沙发一角看《麦克白》。我觉得这书很适合在万圣节看。诺拉一向都不怎么出门。我看到她瞥了一眼我们的三明治，便站起来，自己也去做来吃。我是说，要是她想吃烤奶酪三明治，大可以告诉我一声呀。我们的母亲有时候就批评诺拉独断独行。不过我觉得我本该问问她饿不饿才对。有时候，我就是猜不准别人在想什么。这大概是我最大的缺点了。

我们随便看了电视上的几个节目，比伯趴在我们俩中间。诺拉拿着三明治回来，窝在沙发上继续看书。我、爱丽丝和诺拉一向都是一边看电视或是听音乐，一边写作业，但我们的成绩都还不错，一点儿没受影响。

"嘿，该去换衣服了吧？"艾比说。现在大家都看到了艾比的埃及艳后装扮，所以她会穿另一套衣服去派对。

"八点才去尼克家呢。"

"但你不想打扮好了再去给孩子们发糖吗？"她说，"我最讨厌人们不穿万圣节服装发糖了。"

"你怎么说就怎么办吧。可我向你保证，这里的孩子们只关心糖果，至于糖果是从哪儿来的，他们才不在乎。"

"总有那么一点点在乎吧。"艾比说。

我哈哈笑了。"是呀，的确如此。"

"那好吧，我现在要占领你家的浴室。变身时间到了。"

"听起来不赖。"我说，"我就在这里变身好了。"

诺拉抬起头来。"西蒙，你真恶心。"

"我就是在衣服外面套件摄魂怪的袍子。我看你是不会恶心死的。"

"摄魂怪是什么？"

老天，真叫人受不了。"诺拉，别告诉别人你是我妹妹。"

"是《哈利·波特》里的角色吗？"她问。

我们走进去的时候，正好看到加勒特和尼克两个人把拳头碰在一起。"艾斯纳，近来可好？"

音乐声隆隆响，不时有人哄笑，人们举着易拉罐，里面装的不是可乐。我已经觉得有点儿应付不来了。事情是这样的：我习惯参加另一种派对。就是你到某人家，他妈妈送你到地下室，那里有很多垃圾食品，可以玩桌游，还可以随意唱歌。也许还会有人玩电子游戏。

"想喝点什么？"加勒特问，"我们有啤酒，嗯，还有伏特加和朗姆酒。"

"谢谢，不用了。"利亚说，"我开车了。"

"噢，我们还有可乐和果汁。"

"我要伏特加兑橙汁。"艾比说。利亚摇摇头。

"给神奇女侠来杯伏特加橙汁鸡尾酒，稍等片刻。艾斯纳，斯皮尔？你们想要什么？啤酒怎么样？"

"好吧。"我说。我的心开始突突直跳。

"给斯皮尔一杯啤酒。"加勒特说完哈哈哈笑了起来。我估摸他是觉得这两个单词[1]在一起说很押韵。他走开给我们拿饮品，我妈八成会说他是个周到的主人。这不是说我会把喝酒的事儿告诉我父母。他们肯定会觉得非常好笑。

我把摄魂怪帽兜罩在头上，靠墙站着。尼克去楼上拿加勒特老爸的吉他，只剩下我、艾比、利亚在一起，我们都没说话，气氛有点紧张。艾比小声随着音乐哼唱，肩膀一颤一颤的。

我发现自己在利亚面前有点畏首畏尾，有时候我知道她对我也有这种感觉。

利亚看着沙发。"喔，和尤达亲热的那人是凯尼斯吗？"

"谁和谁亲热来着？"艾比说。

接下来是一阵静默。"没什么……算了。"利亚说。

我觉得利亚一紧张，说话就特讽刺。只是艾比似乎从未注意到她

1　即 Spier 和 beer 两个单词。

话中的尖刻。

"尼克去哪儿了?"她问。

光是听到艾比说起尼克的名字,利亚就紧紧咬住嘴唇。

"去找吉他了吧?"我说。

"是呀。"利亚说,"要想在手上扎刺,这可是最尴尬的办法了。"
艾比听了这话咯咯笑了起来。利亚有点脸红,不过对自己很满意。

这可真是最奇怪的事了。每每遇到这样的时候,老实说,看起来
就好像艾比和利亚在互相炫耀似的。

这时候,加勒特捧着酒走了回来,利亚的表情立马变了。

"伏特加橙汁鸡尾酒给女士们……"加勒特说着给她们每人发了
一瓶。

"这个……好吧。"利亚说着翻翻白眼,把酒放在她身后的桌上。

"啤酒给——你到底扮的是什么?"

"摄魂怪。"我说。

"什么?"

"摄魂怪?《哈利·波特》里的?"

"看在老天的份上,把你的帽兜摘掉吧。那你扮的是谁?"

"金·卡戴珊。"利亚说,脸上一点表情也没有。

加勒特有点糊涂。

《水果篮子》里的本田透。"

"我……"

"是日本漫画。"她说。

"啊。"房间对面突然传来很刺耳的钢琴声,加勒特的目光越过

我们。两个女孩坐在钢琴凳上，我估摸是其中一个用手肘碰到了琴键。跟着，她们爆发出一阵疯狂的笑声，一听就知道笑的人喝多了。

这会儿，我倒是有点希望和诺拉在家待着了，看电视里的节目，听是否有人敲门，吃迷你奇巧巧克力。郑重声明，这种巧克力吃起来可不如正常大小的奇巧巧克力过瘾。我不知道。倒不是说在这儿让我觉得不高兴。只是待在这里感觉怪怪的。

我喝了一口啤酒，那味道——我是说，那味道可真恶心。我也没盼着啤酒喝起来像冰激凌那样可口，可这也太难喝了。大家为了去酒吧，有的编瞎话，有的弄假身份证，为的就是这个？我真觉得我宁愿去遛狗。和贾斯汀[1]本尊出去也不赖。

反正看到这里的人搂搂抱抱，你就会情不自禁地担心。

加勒特把尼克的酒放在我们这里，就去找钢琴边上的那两个女孩儿了。我觉得她们是高一新生，装扮特别有独创性，一个穿的是黑色丝绸睡衣，上面印着弗洛伊德的头像。尼克肯定喜欢这个。只是她们跟诺拉差不多大。我真不敢相信她们竟然喝酒。加勒特麻利地盖上琴键盖，他对钢琴很在乎，这事儿让我更喜欢他了。

"原来你在这里呀。"艾比说。尼克回来了，他抱着那把木吉他，就跟抱着救生索一样。他坐在地上，背靠在沙发一侧，弹奏起来。有几个人在说话的时候直回头瞟他。说来也怪，所有人看着都很眼熟，他们不是踢橄榄球的，就是其他运动员。当然这很不错，只是我其实跟他们不熟。显而易见，我不会在这些人里看到卡尔·普里斯，而且

1　西蒙家的狗叫比伯，这个名字来自歌手贾斯汀·比伯。

我也不知道讨厌鬼马丁在什么地方。

我坐下来，利亚则背靠我边上的墙壁坐下，两条腿尴尬地蜷缩在一侧。她的装扮服里面是裙子，我看得出来，她是想尽量不让大腿露在外面。这太可笑了，是典型的利亚的风格。我探身到她面前，她对我笑笑，却没有看我。艾比盘腿坐在我们对面，这倒是挺好。我们这个小圈子算是占领了房间一角。

这会儿，我很高兴，微微有点醉了，喝了几口后，啤酒的味道也不那么糟了。加勒特或别人肯定把立体声关了，几个人过来听尼克弹吉他。我不知道我有没有说起过，尼克有这世上最完美的歌喉。当然了，他十分钟情古典摇滚，跟爸爸们一样，但我觉得这倒不总是坏事。他现在唱的是平克·弗洛伊德乐队[1]的《希望你在这里》，我却在想小蓝。我也在想卡尔·普里斯。

是这样的。我感觉小蓝就是卡尔·普里斯。我就是情不自禁地这么想。我觉得是那双眼睛的缘故。他的眼睛像大海一样蔚蓝：犹如滚滚的蓝绿色波浪。有时候，当我看着卡尔，我就感觉我们很了解对方，他明白我的心思，这真是太完美了，简直妙不可言。

"西蒙，你喝了多少？"利亚问。我把她的发梢绕在指头上。利亚的头发很美，散发着法式吐司的气味。好吧，那是艾比。利亚的头发是杏仁味。

"一杯啤酒。"一杯上等又美味的啤酒。

"一杯啤酒。我都没法说你有多可笑。"她微微笑着。

---

1 Pink Floyd，英国摇滚乐队，他们最初以迷幻与太空摇滚音乐赢得知名度，而后逐渐发展为前卫摇滚音乐。乐队由贝斯手罗格·沃特斯、吉他手大卫·吉尔摩、鼓手尼克·马森、键盘手理查德·怀特以及吉他手西德·巴勒特组成。

"利亚，你知道你长得很像爱尔兰人吗？"

她看着我。"什么？"

"你们几个知道我在说什么。你长了个爱尔兰人的脸。你是爱尔兰人吗？"

"嗯，据我所知不是。"

艾比哈哈笑了起来。

"我的祖先是苏格兰人。"有人说。我抬起头，就见马丁·艾迪森戴着兔耳朵走了过来。

"是呀。"我说，马丁在艾比身边坐下，离她很近，却又不太近。"好吧，说来太奇怪了，我们的祖先来自世界各地，现在我们却在加勒特家的客厅，马丁的祖先则来自苏格兰，我很抱歉，可利亚的祖先绝对是从爱尔兰来的。"

"随你怎么说吧。"

"尼克的祖先来自以色列。"

"以色列？"尼克说，依然在用手指拨弄吉他弦，"我的祖先是俄国人。"

所以我猜你每天都在学习新知识，因为我真觉得犹太人是从以色列来的。

"我是英国人和德国人的后裔，至于艾比，你们知道……"噢，老天，我对非洲一无所知，我也不知道我会不会因此显得像个种族主义者。

"我想我来自西非。"

"太对了。我是说，世事真是难以预料呀。我们最后怎么会到这里来呢？"

43

"从我来说，是因为奴隶制。"艾比道。

该死的，见鬼。我必须闭嘴。我五分钟前就该闭嘴了。

立体声又传出了音乐。

"我要去拿点喝的。"马丁说着站起来，还是显得那么不协调，"用不用给你们也拿点?"

"谢谢，不过我还要开车。"利亚说。可就算她不开车，她也不会喝酒。我很清楚这一点。因为有一条隐形的线，一边是像加勒特、艾比、尼克那样搞音乐的人。这些人去参加派对，喝酒，不会浪费一滴啤酒。他们有性经验并觉得那没什么。

而在线的另一边，则是我和利亚这样的人。

不过有件事让这种情形变得好了一点，那就是我知道小蓝也是我们这一国的。我从邮件的字里行间中看出了这一点，我觉得小蓝没有吻过任何人。真有意思——我甚至都不知道我算不算亲吻过。

我从来都没亲过男孩子。我一直都对此怀有期盼。

"斯皮尔?"马丁问道。

"不好意思，你说什么?"

"你要喝什么吗?"

"噢，谢谢。我不要。"利亚轻轻哼了一声。

"我也不要了。不过谢啦。"艾比用脚踢踢我的脚，"如果是在家，我会搭地铁，偷偷从后门走，所以不要紧。"艾比说的"家"，指的是哥伦比亚特区，"不过我不想西蒙的父母看到我喝醉了。"

"我想他们不会在乎的。"

艾比把刘海拨到一边，抬头看着我。"我觉得在这方面你说的可不准。"

"他们让我妹妹去穿耳洞都说了一百万次了。"

"喔,诺拉真是个捣蛋鬼。"利亚说。

"诺拉其实一点也不捣蛋。"我晃晃脑袋,"比起诺拉,我是个更大的大笨蛋。"

"别让人对你说三道四。"艾比说着伸了个懒腰,站起来。她把手放在我的帽兜上说:"快点,大家都在跳舞呢。"

"这对人很有好处。"尼克说。

"我们去跳舞吧。"艾比向他伸出两只手臂。

"不不不。"可他还是放下吉他,任由她把他拉起来。

"你们有没有见识过我高超的舞步?"马丁问。

"那就让我们见识见识吧。"

他做了几个很奇怪却很有节奏的动作,像是在游泳一样,然后两边肩膀逐一耸起,还不停地扭屁股。

"你真是棒极了。"艾比说,"快点。"她用力拉住他的手,他猛地站起来,满脸笑容。她带着她那两个小伙伴去了立体声边上铺着地毯的地方,人们在那里喝酒,随着卡内的歌扭屁股。只是艾比在跳舞时像是进入了她自己的世界,尼克和马丁只好难为情地扭动身体,不去看对方。

"噢,老天。"利亚说,"这是真的。这简直比尼克的受戒礼还要痛苦。"

"尴尬症要犯了。"

"是不是该把这一幕拍下来?"

"欣赏一下就得了。"我搂住她的肩膀,把她拉向我身边。利亚有时候很不习惯拥抱这种事儿，不过今天她把脸埋在我的肩膀上，脸贴着我的长袍，喃喃地说着什么。

"什么？"我用手肘轻轻推了推她。

可她只是摇摇头，叹了口气。

午夜时分，利亚把我们都送到尼克家，从那里步行七分钟就能到我家。所有房子里的灯都熄了，不过街道依然笼罩在橙色灯光下。有很多稀巴烂的南瓜，树杈上还缠着很多卫生纸。大部分时候，荫溪大道或许就是郊区里一个充满魔力的仙境，可当万圣节的糖果发完了，那些丑陋的弱点就暴露了出来。至少在我的街区里是这样。

这会儿真冷，四下异常静谧，如果不是艾比和我在一起，我一定会放点音乐，来掩盖这死寂。感觉好像我们是僵尸世界里仅有的两个幸存者。一个是神奇女侠，一个是同性恋摄魂怪。这样的组合可不利于物种繁衍。

我们走到尼克家那条街的街尾，转了个弯。就算闭着眼，我也能找到路。

"我有事要问你。"艾比说。

"啊？"

"马丁在你去厕所的时候跟我聊了几句。"

我的心一凛。

"噢。"我说。

"是呀，那个——可能是我听错了，可他一直在说校友返校节的事儿，一共说了三次。"

46

"他邀请你去舞会了吗?"

"没有。可看起来——我估摸他很想邀请我来着。"

讨厌鬼马丁·艾迪森。他这个人跟温文尔雅这几个字就不挨边儿。

可该死的,他并没有告诉她,我不由得松了口气。

"依我看,他是没戏了。"

艾比咬着嘴唇,笑了起来。"他真是个挺好的人。"

"是呀。"

"不过我要和泰·艾伦一起去。他在两个礼拜前就邀请我了。"

"真的吗? 我怎么不知道这件事?"

"对不起——我是不是应该在轻博客上公布这件事?"她咧开嘴笑了,"不知道你能不能把这事转告马丁。你和他是朋友,对吧? 要是他来邀请我,我真不知道该怎么办,所以最好避免这种事情发生。"

"好吧,我想想办法吧。"

"那你呢? 你还是拒绝参加吗?"艾比问。

"当然。"我、利亚和尼克都认为校友返校节不仅无聊,还搞得人特别痛苦,我们每年都不去。

"你可以邀请利亚。"艾比说。她侧脸看着我,脸上带着古怪探寻的表情。

我差点儿被她逗乐了。"你觉得我喜欢利亚。"

"不知道。"她说着笑了出来,还耸耸肩,"你们今天晚上在一块,看着挺甜蜜的。"

"我和利亚?"我问道。可我是同性恋。同——性——恋。老天,我真该把这事儿告诉她才对。我能想象得到她会有什么反应。眼睛瞪

47

得像铜铃，嘴巴张得老大。

唉。今晚还是算了吧。

"喂，"我说，眼睛并没有直视她，"你觉得你会不会看上马丁？"

"马丁·艾迪森？呃...为什么这么问？"

"没什么。我不知道。我觉得他是个不错的家伙。"我的声音听来又细又尖。就跟伏地魔似的。真不敢相信我竟然说出这种话。

"啊。你们两个是朋友，真是太好玩了。"

我不知道该怎么接这话。

我们进屋的时候，就见我妈在厨房里等我们，现在是时候振作起来了。说到我妈，她可是个儿童心理学家，待会儿你就知道她有多厉害了。

"孩子们，讲讲派对的事情吧。"

这就开始啦。派对太棒了，妈妈。加勒特有那么多酒，真是超酷。这可是我的真心话。

艾比可比我更擅长回答这类问题——她详细描述了每个人的装扮，而我妈从厨台上拿过一大盘饼干。我爸妈一般十点就上床睡觉了，我看得出来，我妈这会儿特别累。可我知道她会等我们回来。她很想找机会做"嗨，孩子们，我很酷"的那种妈妈。

"尼克还弹了吉他。"艾比说。

"尼克很有天赋。"我妈妈说。

"噢，我知道。"艾比答，"女孩子们都被他迷倒了。"

"所以我才一直要西蒙去学吉他。他妹妹就会弹。"

"我要去睡觉了。"我说，"艾比，你可以吧？"妈妈让艾比住在爱丽丝的房间里，这可真是太有意思了，想想看，差不多十年来，尼克一直睡在我卧室的地板上。

一直回到房间，我才真正放松下来。比伯趴在我床脚边的一堆牛仔裤和连帽衫上睡着了。我把摄魂怪长袍丢到地板上。我本来是想把它扔到洗衣篮里的，只可惜我是个滑稽的运动白痴。

我躺在床上，但没有把床单弄皱。我只会在必要的时候才这么做。我知道这很怪，不过我每天都把我的床铺得整整齐齐，即便房间里的其余地方堆满了废纸、要洗的衣服、书和各种杂乱的东西。有时候我真感觉我的床是一张救生艇。

我戴上耳机。我和诺拉的房间只有一墙之隔，所以，在她睡觉之后，我不应该用扬声器听任何东西。

我需要一些熟悉的东西。艾略特·史密斯。

我一点睡意也没有，派对让我精神十足。我觉得这很不错。我并没有很多经验来对比。一想到我喝了啤酒，就感觉特疯狂。我知道，我只喝了一杯啤酒，这算哪门子疯狂呢。加勒特和那些踢橄榄球的或许觉得只喝一杯就不喝了才叫疯狂。不过他们不是我。

我看我不会把这件事告诉我的父母。我很肯定，就算我说了，我也不会有麻烦。我不知道。我需要一点时间来好好琢磨一下这个新西蒙。我爸妈总有法子毁掉这样的事情。他们很好奇。这就好像他们给我设定了一个框框，等到我走出这个框框的时候，他们就觉得受到了打击。那样太尴尬了，我甚至都没法形容。

我是说，对于有女朋友这档子事，告诉我父母是最奇怪也是最恐怖的了。全部三次都是这样。老实说，这比分手还要叫人难受。我在八年级交了个女朋友蕾切尔·托马斯，我永远也忘不了我把这事儿告诉爸妈的那天。我的天。首先，他们想去看看她在年刊里的照片。老爸还把年刊拿到厨房里灯光比较亮的地方，在看照片的那一分钟里，他一句话都没说。跟着，他说：

"这女孩子的眉毛真好看。"

我是说，一直到他说了这句话，我才注意到她的眉毛，可那之后，我唯一记得的，就是她的眉毛了。

在我还没有女朋友的时候，老妈就一直深信我有女朋友。我不明白这件事对她来说为什么会成为这么大的惊喜，因为我肯定大部分人一开始都没有女朋友。可是，唉。她什么都想知道：我和蕾切尔是怎么在一起的，我有什么感觉，我们需不需要她开车送我们到什么地方去。她真是兴致盎然。我的姐姐和妹妹从来都不谈论男孩子，也不说约会，这真是雪上加霜，所以，我感觉就好像有一盏巨大的聚光灯照在了我的身上。

说句实话，最奇怪的就是，因为他们，出柜好像成了一件大事。这很不正常。就我所知，直男一般都不会关心出柜这种事。

人们不会理解这种事的。出柜这种事。这甚至都无关我是同性恋，因为我在内心深处知道，我的家庭会接受的。我们不信教。我父母是民主党。老爸喜欢开玩笑，尴尬是肯定的，但我想我的运气一定会不错。我知道他们不会和我断绝关系。我肯定学校里的有些人会叫我吃苦头，不过我的朋友们不会怎么样。利亚喜欢同性恋，所以她可能会感觉很刺激。

可我对出柜这档子事儿很厌烦。而我所要做的就是出柜。我尽量不去改变，可在很多细小的方面，我一直在变。我有了女朋友。我喝了啤酒。而每每在这样的时刻，我都得重新向全世界重新介绍我自己。

6

发件人: bluegreen118@gmail.com

收件人: hourtohour.notetonote@gmail.com

日期: 11 月 1 日, 11: 12

主题: 回复: 空香肠

雅克:

希望你过了个愉快的万圣节, 也希望你那个又简单又痞气的装扮大获成功。我们这里真是太安静了。只有六个小孩来我家说"不给糖就捣蛋"。当然了, 这意味着我有责任吃光剩下的里斯牌杯子蛋糕。

真不敢相信就快到校友返校节了。我真是太兴奋了。不要弄错, 橄榄球依然是我不喜欢的运动, 可我真的很喜欢去校友返校节。我觉得到时候肯定灯光闪闪, 鼓声能把耳朵震聋, 空气中弥漫着香气。秋天的空气总是这样的。或许我只是喜欢看啦啦队的美女们。你了解我啦。

你这周末会不会做些有意思的事儿？到时候天气应该很不错。你不会再写错字吧，别介意，开个玩笑而已。

小蓝

发件人：hourtohour.notetonote@gmail.com
收件人：bluegreen118@gmail.com
日期：11 月 1 日，17:30
主题：里斯杯子蛋糕比性强多了

没有错别字，小蓝，我从今往后要告别错别字。

不管怎么说，对于昨天晚上你在家里只接待了六个小孩这事儿，我很遗憾。真是太浪费了。明年你就不能把碗黏在门廊上，再留个纸条，告诉孩子们自己拿两块吃？我街区里的小孩子肯定会抓一把糖，做完了还会坏笑，说不定为了好玩儿，他们还会在纸条上撒尿。不过你街区里的孩子可能比较文明。

不过说真的，你要吃剩下的里斯杯子蛋糕？现在能不能通过电子邮件寄巧克力呢？请一定要说可以。

我的万圣节过得还不赖。我不会说太多昨晚的事儿，可我最后还是去了那个人的派对。我真觉得那里不适合我，不过派对很有意思。我觉得走出我的舒适区是件好事。（等等，我没有毁掉机会，让你不相信我是个超酷的派对忍者，对吧？）

我一直在想秘密身份的事情。你有没有过紧锁心门的时候？我无法肯定我有没有说明白。我想我的意思是，有时候似乎除了我自己，其他人都知道我是怎么样的人。

好吧，我很高兴你提到了校友返校节，因为我都忘了这周就是"校园精神周[1]"了。周一永远是周一，对吧？我想我得上网查查，以免出洋相。老实说，我真不敢相信他们竟然安排刚过完万圣节就过精神周。溪林高中真是把可以装扮的日子都连在一起了。周一你要扮什么？我知道你是不会回答的。

还有，我真觉得你会在周五和啦啦队员眉来眼去，因为那些姑娘就是你的目的。我也是，小蓝。我也是。

雅克

发件人：bluegreen118@gmail.com

收件人：hourtohour.notetonote@gmail.com

日期：11 月 2 日，13：43

主题：回复：里斯杯子蛋糕比性强多了

里斯杯子蛋糕可比性强多了？毫无疑问，我对此一无所知，不过我衷心期盼你说的是错的。或许你应该停止交女朋友了，雅克。我只是说说而已。

你街区里的孩子们听起来真有意思。撒尿不是大问题，或许到

1　每个学校展现自己学校的精神。同学们一起动手装饰班级走廊，每天都有不同的主题，同学根据主题搭配衣服。

了明年，我会听取你的建议。不过能不能这么做还不一定，因为我妈妈几乎从来不在万圣节出门。她可能没法理解你那派对忍者的方式，雅克。

你说的紧锁心门，我完全理解。对我而言，我甚至认为这与别人认为他们了不了解我没关系。应该说是，我想要跳进来，说确定的话，做确定的事，只是我似乎总有所保留。我想我在很大程度上是在害怕。即便想到这件事，也会让我作呕。我有没有说过我经常都很想吐？

当然了，就因为这个，我才不愿意说起精神周和乔装改扮。我不愿意你猜出我是谁。不管我们在邮件里写了什么，我都觉得要是我们知道了彼此的真实身份，就会大煞风景。我不得不承认，要是想到你是某个与我的生活有关系的人，而不是网上一个匿名人士，我就觉得很紧张。显然，我对你说过的一些事，从未对别人说过。我不知道，雅克——你身上的某种特质让我想要敞开心扉，但对我而言，这有一点可怕。

我希望说这些不会太尴尬。我知道，你问我要扮成什么，只不过是在开玩笑而已，可我还是要说明一下——以防你不是在开玩笑。我得承认，有时候我对你也很好奇。

小蓝

又，我在邮件里附上了里斯牌杯子蛋糕的图片。希望跟你想的一样。

发件人：hourtohour.notetonote@gmail.com

收件人：bluegreen118@gmail.com

日期：11月3日，18：37

主题：回复：里斯杯子蛋糕比性强多了

小蓝：

我想我让你感觉不自在了，我真的真的很抱歉。我是个好打听的人，这一向都是个问题。我真的很对不起，小蓝。我知道我听起来像个唠唠叨叨纠缠不休的人。我不知道我有没有说过，可我们的邮件对我来说确实非常重要。要是我搞糟了，我永远都不会原谅我自己。我真是搞砸了。对不起，我甚至都不知道你是不是气得直骂人。

我写那个标题，可能向你传递了一个错误的概念。我不得不承认，严格来说，我也不知道里斯杯子蛋糕是不是比性要强。里斯蛋糕真的很难以置信，别误会我。而且我觉得里斯蛋糕比异性性行为要好，按照我妈的说法，就是性交。

不过非异性性交呢？我觉得比里斯杯子蛋糕稍稍好一点。说来也怪，我怎么一说到这个就脸红？

说到里斯杯子蛋糕，非常感谢你的照片。跟我想的一模一样。我不想真的吃到，我只想要想象吃起来有多好吃，巧克力味有多浓，口感有多丰富。这很棒，因为我真的想自虐，不过我不想自己到谷歌上搜索里斯杯子蛋糕。

我会去找我家剩下的巧克力，不过很可能周末就都被吃光了。

雅克

自从2014年开始，派对比小蓝的妈妈还要疯狂。

7

周三是易装日，说白了，就是给南方的直男和直女们一个机会去穿异性服装。这可不是我的菜。

我们在第一节课看了《第十二夜》，因为每个英文老师都是喜剧演员。怀斯先生在他的教室里摆了一张破烂变形的沙发，闻起来有股啤酒味。我很肯定有人会在放学后溜到那里做爱，把他们的体液蹭到上面。就是这样一种长沙发。可在上课时，我们都拼了命要坐在上面，我估摸这是因为只要不坐在课桌边，我们对其他一切东西的忍耐力都能提升一百万倍。

今天，最劲爆的当属橄榄球队的人穿啦啦队的制服了，说得具体点，就是尼克、加勒特和布拉姆三个人。一般来说，只有大学运动员会在易装日这么做。啦啦队员统共只有二十来个人，所以我不知道他们是怎么搞来这么多制服的。或许他们每个人都有十套制服。谁知道这所学校把钱都花在了什么地方。

但我不得不承认，橄榄球队员的小腿和磨损的网球鞋搭配啦啦队的皱褶裙，真是绝了。我真不敢相信布拉姆·格林菲尔德竟然装扮成这个样子。他和我同坐一张午餐桌。他是个特别安静的黑人孩子，智商应该很高，除非逼不得已，否则从不说话。他靠在长沙发的一角，用一只脚的脚趾蹭另一只脚，我直到现在才注意到他其实挺可爱的。

艾比冲进教室的时候，怀斯先生已经开始放电影了。啦啦队换装、表演戏剧，还有她参加的那些委员会——艾比总有理由在第一节课迟到，但她从来都没被点名。这事儿搞得利亚很不爽，特别是因为坐在沙发上的人似乎总是愿意给艾比挪出个位置。

她看了一眼坐在沙发上的人，哈哈笑了起来。尼克看起来对他自己很满意。他脸上的表情就跟那天他在小学操场的地下翻出恐龙骨头时一模一样。我是说，事实证明那其实是鸡骨头。

"这到底是怎么了？"艾比说着走到我后面的桌边坐下。她穿着全套服装和领带，还戴着邓布利多式的假长胡子。"你怎么没装扮？"

"我戴了发夹。"我说。

"好吧，可惜你那些发夹根本就看不到。"她扭头看着利亚，"你穿了裙子？"

利亚看着她，耸耸肩，并没有解释。利亚会在易装日这天穿得特别有女人味。这是她叛逆的方式。

事情是这样的。我是在爱丽丝的抽屉里找到了这些遭人遗忘的高强度发夹，要是我觉得我能侥幸躲过这次的装扮活动，我一定不会拿走发夹。可所有人都知道我也要易装。当然，这很讽刺。然而，要是我今天不稍稍易装一番，肯定会引起别人的注意。有意思的是，最后是最直、最有名牌大学派头、最体格健壮的家伙为了易装日豁了出去。我想，他们对他们的阳刚之气很有安全感，所以才不在乎。

我其实很讨厌人们这么说。我是说，我的阳刚之气也能给我自己带来安全感。因为阳刚之气而觉得安全与因为阳刚之气而当个直男是不一样的。

我觉得，扮成女生这事儿让我觉得怪怪的。没人知道，即使是小蓝，装扮对我来说有着特别的意义。我不知道该怎么解释，也不知道如何适应这种情况，可我无法忘记有风吹来时丝绸紧贴我大腿的感觉。我一直都知道我是个男生，我也只想做个男生。可小时候，我经常在四月份的夜里醒来，我梦到了万圣节。每到十月，我都会试穿易装的服装十几次，在整个十一月，我都着魔似的想象着再把服装从衣柜里拿出来一次。但我从未跨过那条线。

我不知道。对于怀有这种强烈的感觉，我很羞愧。我还清晰地记得那些感觉。现在，我甚至都无法忍受易装这件事。我甚至都不喜欢过多地想到这件事。有很多次我都无法相信自己竟然会这样。

教室门开了，马丁·艾迪森站在门口，身形映衬在走廊里明亮的灯光下。他也找来了一套啦啦队的队服，甚至还不嫌麻烦地在他的胸肌外面罩了假乳房。马丁的个子很高，暴露的部位很多。

坐在后排的人吹了声口哨。"太火辣了，小艾艾。"

"你有迟到许可证吗，艾迪森先生?"怀斯先生说。难怪利亚会不爽，连我都情不自禁地认为艾比迟到不被点名这事儿不公平。

马丁向上伸出手臂，手都够到了门框，看着好像他正悬在攀吊架上一样，啦啦队服的上衣这下变得更短了。几个女孩子咯咯直笑，马丁也笑了，而且满脸通红。我向上帝发誓，仅仅为了换别人一笑，这小子就会脱个精光。但我觉得他是这方面的天才，因为我从未见过哪个讨厌鬼在受欢迎的孩子中间这么讨喜。我是说，我不会撒谎。他们似乎很喜欢取笑他。不过他们没有恶意。就好像他是他们的吉祥物。

"你每天都迟到，艾迪森先生。"怀斯先生说。

他把马丁扯到上面的上衣拽下来，将假乳房弄正，走出了教室。

周五，数学科学走廊里铺满了干草。我脚下的干草大约有三英寸厚，还有些干草从我的衣帽箱伸出来。地上尘土飞扬，连光线都看起来不一样。

今年的主题是音乐，而在全世界的所有音乐流派中，高三年级选了乡村音乐，而且是佐治亚州乡村音乐。就因为这个，我才会戴一条大手帕和一顶牛仔帽。该死的学校精神。

好吧。校友返校节真叫人讨厌，乡村音乐更是叫人尴尬，可我喜欢干草。即便这意味着安娜·梅特涅、泰勒·梅特涅和其他哮喘患者今天不能走数学科学走廊了。有了干草，一切都变了。这条走廊看起来像是另一个世界。

到了午饭时间，我真的就快发疯了。那些高一新生。他们不光可爱，还很可笑，我的老天。看了他们的样子，我真是不想笑都难。他们选的是情绪摇滚，简单地说，就是触目所及都是刘海、护腕和眼泪。我昨晚求诺拉戴黑色假发，涂眼线，而且看在老天的份上，至少穿一件印有"我的另类罗曼史"[1]几个字的运动衫。她却看着我，活像是我在

1　美国著名朋克乐队。

建议她裸奔。

这会儿，我看到她走到自助餐厅，她那一头金色卷发与情绪摇滚格格不入。不过好像她说服她自己画了跟浣熊一样的眼线，大概是因为她看到别人都这么做了。善变的女人。

很难相信她以前非要打扮成垃圾桶。

马丁就坐在我们旁边的桌上，他穿着吊带工装裤。他有很多这种工装裤。他一直看着我，可我猛地别开了目光。此时此刻，躲开马丁对我来说就跟本能反应一样了。

我坐在利亚和加勒特中间，虽然我夹在他们中间，他们还在争个不停。

"那人是谁？"利亚问。

"你真没听说过杰森·阿尔丁[1]？"加勒特说。

"真没有。"

加勒特用手一拍桌子。我也学他的样子拍桌子，他冲我笑笑，有点难为情。

"嘿。"尼克说着坐在我对面，打开午餐袋。"我有个主意。"他说，"我觉得我们今晚应该去看比赛。"

"你是在开玩笑吧。"利亚说。

尼克看着她。

"去华夫餐厅怎么样？"她说。我们经常在橄榄球比赛期间去华夫餐厅。

---

1   美国乡村男歌手。

"去不去看比赛？"尼克问。

利亚垂下头，这样一来她的眼睛看起来有点吓人，还把嘴巴抿成一条线。有那么一会儿，大家都没说话。

也许我选的时机不对，只是此时我心心念念的人不是利亚。

"我要去看比赛。"我说。因为我很肯定小蓝会去看比赛。一想到能和小蓝坐在同一个露天看台上，我就满心欢喜。

"你说真的？"利亚说。我感觉到她的目光落在我身上，我却直视前方。"也有你的份？"

"你的反应过激了，蝙蝠侠——"尼克开口道。

"你闭嘴。"利亚打断了他。

加勒特紧张地干笑两声。

"我是不是错过了什么？"艾比走来，发现我们都沉默不已，气氛有些奇怪。她坐在尼克身边。"一切都好吗？"

"是呀，一切都好。"尼克看了她一眼，脸颊红通通的。

"好吧。"她说着笑了笑。艾比戴的不是一顶牛仔帽，而是好几顶。"你们几个是不是在为今晚的比赛兴奋呀？"

利亚猛地站起来，把椅子推回去，一句话没说就走了。

比赛七点开始，六点会有游行。放学后，我走到尼克家，然后我们一起开车回学校。

"这么说，我们上了利亚的黑名单了。"我们转到通往溪林高中的公路上，我说道。汽车都平行停在街上，这表示停车场已经满了。我估摸有很多人喜欢橄榄球。

"过几天她就没事了。"他说,"那里是个空位吗?"

"不是,那儿有个消防栓。"

"见鬼。车子太多了。"

我想这是尼克第一次来这里看橄榄球比赛。我也是第一次。又过了十分钟,我们才找到一个地方,让尼克可以从后面把车停进去,因为他讨厌把车停在路边。我们冒雨走了很久,才到学校。不过牛仔帽总算派上了用场。

这真是我第一次注意到体育场的灯光。我是说,灯光就在这里,我以前八成也见过开灯后的样子,却从未意识到它们有多明亮。小蓝喜欢这些灯光。场地周围人山人海,我不知道他是不是就在其中。我们付了两美元,他们把票交给我们,然后我们走进去。游行乐队在看台上演奏碧昂斯的歌,把好几首歌混在一起,怪异得很,还跳着僵硬的舞蹈。尽管下着雨,再加上现在是校友返校节,但我还是能理解小蓝为什么喜欢这里。感觉好像在这里,什么都有可能发生。

"你们来啦!"艾比一边说,一边向我们小跑过来。她给了我们每个人一个熊抱。"我还给你们两个发短信来着。想不想去参加游行?"

我和尼克看看对方。

"好吧。"我说。尼克耸耸肩。

我们跟艾比来到教师停车场,一群学生会的人聚在高三的花车边上。这辆花车是用平板拖车改造的,车后放了一个框架,与乡村音乐很搭调。拖车表面铺着一捆捆干草,车后的干草摞得比较高,框架边缘系着红手帕,像是彩色纸带。到处都挂着圣诞彩灯。带鼻音的流行乡村音乐从某人的 iPod 里传出来。

艾比这会儿正起劲儿。她会和其他啦啦队员一起坐上这辆花车，她们穿着牛仔短裙和法兰绒衬衫，还把上衣的衣襟系在一起，露出了小蛮腰。还有几个人穿着吊带工装裤，一个人靠着干草捆坐着，假装在弹一把木吉他。我情不自禁地对尼克笑笑，因为没什么比一个人假装弹吉他更令他生气的事了。特别是那个人都不会动动手指，假装拨弄品丝。

学生会的玛蒂让我们在花车后面站成一排，有人分发稻草，让我们咬住。

"你们都要唱歌。"玛蒂说，表情非常严肃，"他们会对我们的精神做评判的。"

"糊里哇啦。"我小声对尼克说，他不屑地哼了一声。咬着稻草，只能这样发音。

玛蒂一下子慌了神。"老天，各位，好吧。改变计划。不要稻草了。大家都把稻草从嘴里拿出来。好，很好。你们所有人都要大声点。记住保持微笑。"

花车动了起来，开始绕行停车场，前面是一辆摇滚花车，那车看起来像是高二学生拼凑起来的怪物。我们跟在车后面，听从玛蒂的指示，她大声欢呼着，要是周围安静下来，她时不时还会喊上几句"呜呼"。游行队伍在学校操场上绕行了相当于一条街区的距离，然后来到环绕橄榄球场的跑道上。灯光照在我们身上，人们欢呼雀跃，我真不敢相信我和尼克竟然身处其中。这对高中生来说也太幼稚了。我感觉我应该说点什么，来强调一下这事有多荒谬，可我心里真实的感觉是怎样的呢？不用愤世嫉俗的态度对待变化，其实是件好事。

我觉得这就好像我成了一个整体中的一部分。

游行一结束，艾比就和其他啦啦队员冲进厕所换队服，我和尼克抬头看着看台。一张脸挨着一张脸，模糊不清，很难找到熟人。这场面还真有点震撼。

"橄榄球队在那边。"尼克说着，一指左边最高层下面几排的位置。我跟他走上水泥台阶，又从人们身边挤过去，才走到他们那里。老天。在这个过程里真是把各种尴尬都体验了一番。跟着就是找座位的问题。加勒特向布拉姆那里挤了挤，好腾出空间，可我其实就跟坐在尼克大腿上没什么差别，这样当然不行。我马上就站起来，感觉手足无措，很难为情。

"好吧，"我说，"我要去和戏剧社的人坐在一起。"我看到了泰勒那头超级蓬松的闪亮金发，就在我们前面几排，挨着台阶，坐在她旁边的是艾米丽·戈夫和其他几个人。那几个人里就包括卡尔·普里斯。我的心跳开始加速。我早就料到卡尔会来。

我从我这一排人前面挤过去，走下台阶，感觉好像运动场里每双眼睛都在盯着我。跟着，我来到栏杆下面，拍了拍卡尔的肩膀。

"怎么了，西蒙?"他说。我喜欢他叫我西蒙。很多人都管我叫斯皮尔，对此我并不介意，但我不知道。老实说，我觉得不管卡尔·普里斯管我叫什么，我都喜欢。

"嘿，"我说，"我能和你们坐在一起吗?"

"当然了。"他给我挪出一点地方，"这里很宽敞。"确实如此，反正我不必坐在他的腿上。而这真是不幸。

我整整花了一分钟去想该说些什么。我的大脑不听使唤了。

"我觉得我以前从没在比赛时见过你。"卡尔说着把刘海从眼前拨开。

我无法思考了。因为卡尔的刘海。因为卡尔的眼睛。还因为他显然很注意我，知道我从不来看橄榄球比赛。

"我是第一次。"我说。这可是我说过的最纯情的话了。

"太酷了。"他是这么冷静。他没有面对我，因为他不能同时说话和看比赛，"我能来的时候就会来。至少我会赶来参加校友返校节。"

我琢磨着该如何问他一件我不能问的事。或许我可以提到空气里的气味，看看他做何反应。可如果我说了那样的话，而卡尔就是小蓝，那他马上就会意识到我是雅克。我想我还没准备好面对这种状况。

可是，我真是好奇到了极点。

"嘿。"突然有人坐在我边上，是马丁。我下意识地挪开给他让座。

"小艾艾。"我们后面有人咕哝着说，还把马丁的头发揉乱了。马丁对他笑笑，把头发抚平（或者说试着抚平），咬着嘴唇，有那么一会儿没说话。

"怎么了，斯皮尔？"

"没什么。"我说，我的心开始下沉。他扭过身体，面对我，显然是有话要说。看来我和卡尔的谈话是就此结束了，本来有可能的，现在也没可能了。

"嘿，我想说说艾比的事儿。"

"啊？"

"我邀请她去舞会，"他说道，声音超低，"可她拒绝了我。"

"噢，真遗憾。太糟糕了。"

"你是不是知道她早就有约了？"

"是呀，我想我确实知道这件事。对不起。"我再次道歉。我本该找个时间把这事通知马丁才对。

"下次你能不能提早告诉我一声，"他问，"免得我恨不得找个地缝钻进去？"他看起来很痛苦。我很内疚。虽然他勒索我，我还是很内疚。事情真是一塌糊涂。

"我想他们还不是男女朋友。"我说。

"随便吧。"他说。我看着他。我不知道他是不是已经不打算追艾比了。如果他放弃了，那些邮件会怎么样呢？或许他会永远拿它们来要挟我。

我想不到比这更糟糕的事了。

8

发件人 : hourtohour.notetonote@gmail.com

收件人 : bluegreen118@gmail.com

日期 : 11 月 11 日, 23：45

主题 : 回复：上述全部

小蓝：

　　首先，奥利奥绝对有资格成为食品集团。其次，他们是唯一重要的食品集团。很多年前的一个晚上，我们住在阿姨家，我和我的姐姐妹妹甚至幻想出一个叫谢利奥的地方，在那里，所有东西都是用奥利奥饼干做的，河里流淌的是奥利奥奶昔，可以坐在巨大的奥利奥饼干上，顺河漂流。要是想喝奶昔了，就可以从河里舀一杯。我觉得这有点像《查理和巧克力工厂》里的场景。谁知道我们在想什么呢。那天晚上，我们兴许只是饿了。我阿姨做的饭难吃死了。

不管怎么样，我都原谅你的无知。我知道，你并没有意识到你在和一位行家说话。

雅克

发件人：bluegreen118@gmail.com

收件人：hourtohour.notetonote@gmail.com

日期：11 月 12 日，17：37

主题：回复：上述全部

雅克：

说真的，我还真不知道我面对的是一个奥利奥行家。谢利奥听起来像个充满魔法的地方。所以，大行家，均衡饮食需要多少奥利奥产品？

我觉得你肯定喜欢吃甜食。

小蓝

发件人：hourtohour.notetonote@gmail.com

收件人：bluegreen118@gmail.com

日期：11 月 13 日，19：55

主题：喜欢吃甜食？

我真想不出你为什么会这么想。

好吧。我私下怀疑你并不百分百相信奥利奥饮食。指导都是很基本的。没有任何理由。显而易见，早餐是奥利奥麦片棒或是奥利奥馅饼。不，它们一点也不油腻。别反对，这些吃的都很棒。午餐应该是奥利奥比萨饼，配奥利奥奶昔和我妈妈做的几块奥利奥松露巧克力（这可是全宇宙最好吃的东西）。晚餐是油炸奥利奥饼干，涂点奥利奥冰激凌，至于喝的嘛，就是奥利奥饼干泡在牛奶里，不要水，只有奥利奥泡牛奶。甜品就是奥利奥饼干。听起来很合理吧？这是为你的健康着想，小蓝。

我向天起誓，光是打出这些字，我都觉得饿了。我小时候经常这样。你小时候幻想垃圾食品的方式也很有意思，对吧？一定是全身心投入其中。我觉得，在你了解性之前，你肯定对某样东西十分着迷。

雅克大行家

发件人：bluegreen118@gmail.com

收件人：hourtohour.notetonote@gmail.com

日期：11 月 14 日，22：57

主题：回复：喜欢吃甜食？

雅克：

真感谢你为我的健康着想。说来很难，但我知道我的身体会感谢我的。说真的，奥利奥饼干真的很好吃，这一点是我无可争辩的，你列出的那份清单也很吸引人。不过，对我来说，我真的不能考虑吃油炸奥利奥晚餐。有一次在嘉年华上，我犯了个错，那就是吃了油炸奥利奥后去坐旋转椅。我还是不要说细节了，不过顺便提一下，很容易呕吐的人就不能去坐旋转椅。打那以后，我一看到油炸奥利奥饼干就受不了。跟你说起这件事真是对不起。我知道奥利奥对你而言真的非常重要。

　　我不得不承认，我很喜欢想象你小时候幻想吃垃圾食品的样子。我还喜欢想象你现在幻想性的样子。真不敢相信我竟然会这么写。真不敢相信我会按下发送键。

小蓝

9

他喜欢想象我幻想性的样子。

我或许真不该在上床睡觉前看到这些。我躺在床上，周围漆黑一片，用手机把这行字看了一遍又一遍。我紧张极了，根本睡不着，脑袋里乱糟糟的，而这都是一封邮件捣的鬼。而且，我硬了。真是太奇怪了。

这情形真叫人摸不着头脑。太令人迷惑了。一般情况下，对于邮件里的措辞，小蓝都是很谨慎的。

他竟然喜欢想象我幻想性的样子！

我觉得会这么想象我们两个的人应该是我才对。

我很想知道，经过了这么久之后，要是我们真见面了，会怎么样。是必须先聊天沟通一下？还是会直接发生关系？我觉得我能想象出那幅画面。他在我的卧室，我们两个独处。他挨着我坐在床上，转头用那双蓝绿色的眼睛注视着我。那是卡尔·普里斯的眼睛。跟着，他用手捧起我的脸，突然吻了我。

我用手捧起我自己的脸。噢，我用左手捧起我的脸，我的右手正忙着。

我想象着，他吻我，这个吻与蕾切尔、安娜或凯丽丝的吻不一样。那些吻与这个吻不能相提并论。有股微微的电流窜过我全身，我感觉到了麻刺感，我的脑袋嗡嗡直响，我真觉得我能听到自己的心跳。

我必须轻点儿，诺拉就在隔壁房间。

他把舌头探入我的嘴里。他的手在我的运动衫下面向上游走，他的手指划过我的胸口。我感到非常满足，我快受不了了。老天，小蓝。

我的整个身体都颤抖了起来。

周一，利亚在我走进学校时拦住了我。

"嘿。"她说，"诺拉，我要把他借走一会儿。"

"什么?"我问。脚下的地面渐渐倾斜，操场周围是混凝土平台。有些地方并不高，甚至都可以坐在上面。

利亚没看我的眼睛。"我帮你刻了张合辑。"她说着把一张放在透明塑料盒中的 CD 交给我，"你回家后可以放到你的 iPod 里。"

我把手中的塑料盒翻过来。那上面没有曲目，而是利亚手写的字迹，像是一首俳句:

> 布满皱褶的脖子，灰白的头发，
> 西蒙，很抱歉，但我还是要说，
> 你的年纪太大了。

"利亚，你写得太好了。"

"是呀。"她向后靠在平台上，两只手撑在上面，看着我。"我们之间是不是没事了？"

我点点头。"你的意思是……"

"我的意思是，你们这些家伙在返校节上甩了我。"

"我真的很抱歉，利亚。"

她的嘴角扬了起来。"你的生日到了，算你走运。"

跟着她从背包里拿出一个锥形派对帽，把它戴在我的头上，系好带子。

"对不起，我有点反应过度。"她又说。

午餐有一个巨大的单层蛋糕，在我来到餐桌边的时候，就见大家都戴着派对帽。这可是传统，要是没有帽子，就没得吃蛋糕。加勒特似乎想要两块蛋糕。他把两顶帽子戴在脑袋上，活像是魔鬼的角。

"西蒙，"艾比说，只是她其实是用低沉沙哑的歌剧腔唱出了我的名字，"把手伸出来，把眼睛闭上。"我感觉一个很轻的东西落在我的手上。我张开眼，就看到一张折叠成领结形状的纸，还用金色蜡笔涂了色。

坐在其他桌边的几个人看着我，我感觉自己笑了笑，脸也红了。"我是不是该戴上？"

"是呀，"她说，"必须戴上。金色领结，献给你的金色生日。"

"我的什么？"

"你的金色生日，第十七个生日。"艾比说。跟着，她夸张地一扬下巴，摊开手。"尼古拉斯，胶带。"

尼克一直把三块透明胶带贴在指尖上，就这么举了不知道多长时间了。老天，他就跟她养的一只小宠物猴似的。

艾比把领结贴在我身上，又戳了戳我的脸，她经常这么做，可见我的脸很可爱。管它这个举动意味着什么呢。

"你什么时候准备好了就说一声。"利亚道。她拿着塑料刀和一叠纸盘，似乎铁了心不看尼克或艾比。

"准备好了。"

利亚把蛋糕切成小方块，说真的，这就好像充满魔法又美味的海浪冲入空中。猜猜哪桌上参加大学预修课程的书呆子会成为学校里最受欢迎的孩子。

"不戴帽子，就没蛋糕吃。"摩根和安娜在桌子的另一端公布规则。几个孩子用活页纸卷成圆锥帽，一个人还把一个牛皮纸午餐袋套在头上，装成厨师帽。一说到吃蛋糕，人们就顾不上脸面了。此情此景，看来很有意思。

蛋糕很好吃，我知道肯定是利亚选的：一半巧克力口味，一半香草口味，因为我一向都不知道自己最喜欢的口味是什么，蛋糕上还覆盖着一层特别好吃的糖霜，是从帕布里斯超市买来的。不是红色糖霜，利亚知道我觉得那吃起来太血腥了。

利亚真的很擅长为别人庆生。

我把吃剩的蛋糕带去彩排现场，奥尔布赖特老师让我们在舞台上来了一顿蛋糕野餐。所谓的蛋糕野餐，就是戏剧社的孩子们围拢在蛋糕盒周围，活像是一群秃鹰，全都用手抓着蛋糕吃。

"老天，我觉得我胖了五磅。"艾米·埃弗雷特说。

74

"啊。"泰勒说，"我觉得我很幸运，因为我的新陈代谢速度很快。"

说真的，这就是泰勒。我是说，就连我都知道，这话说出来纯属拉仇恨。

来说说与蛋糕有关的受害者吧：马丁·艾迪森这会儿趴在舞台上，整张脸都埋在空蛋糕盒里。

奥尔布赖特老师走到他身边。"好了，各位，我们开始了。拿出铅笔，我希望你们把下面这些话记在剧本上。"

我倒是不介意写写画画。我们排演的这个场景发生在一个小酒馆里，我做的笔记主要是提醒我自己要表演一个醉汉。有件事很糟糕——那就是这些笔记不是我们期末考试的考题。不然的话，有些人的成绩一定能提高很多。

彩排一直进行，没有中间休息，不过不是每场戏都有我，所以我的休息时间很充足。舞台的一侧有人推着合唱会留下的唱台。我坐在靠近底部的地方，把手肘放在膝盖上。有时候我都忘了，只是坐在一旁看别人是件多好玩的事儿。

马丁站在舞台前部靠左的位置，正比手划脚地给艾比讲故事。她直摇头，还哈哈笑。这么说，也许马丁并没有放弃。

突然之间，卡尔·普里斯站在我面前，用他的鞋尖轻轻踢了我的脚一下。"嘿，"他说，"生日快乐。"这个生日真叫人开心。

他和我一起坐在竖板上，我们两个距离一英尺远。"有什么庆祝节目吗？"

呃……

好吧。我不想撒谎。但我并不希望他知道我计划和家人一起出去庆祝，还要去"脸书"上看庆生留言。今天是周一，对吧？我并不盼着在周 · 做出些惊世骇俗的事。

"我想，"我终于说道，"我想我们会吃冰激凌蛋糕，奥利奥口味的。"我又说。

我情不自禁地说出了"奥利奥"几个字。

"太酷了。"他说，"那你就留点肚子去吃吧。"

听到奥利奥口味，他没有什么很明显的反应。但我觉得这也不代表什么。

"好吧。"卡尔说着向前一探身。我盼着他不要站起来，但他还是站了起来。"祝你过得愉快。"

但是接着，有那么一瞬间，他把手放在我的肩膀上。我简直不敢相信这件事真的发生了。

生日真是件不可思议的事。

10

发件人：hourtohour.notetonote@gmail.com

收件人：bluegreen118@gmail.com

日期：11月18日，4：15

主题：为什么，为什么，为什么？

老天，小蓝，我太累了，我的脸都疼了。你有没有遇到过这种情况——偶尔有些晚上，你的大脑就是不肯暂停，身体却好像背负着五百磅的重担，已经筋疲力尽？我给你发邮件，希望这么做没问题，我知道我的邮件有些语无伦次，所以请你不要批评我，好吗？尽管我的语法用得乱七八糟。你就好像一流的作家，小蓝，一般来说我都会检查三遍，因为我不想让你失望。要是我写错了什么，就提前和你道歉了。

今天其实是很棒的一天。我尽量不去想明天我会变成和僵尸一个样子。当然了，在未来两天，我要参加五次测验，其中一次是法语，而我学得糟透了。真倒霉。

为什么就没有真人秀节目会演到人们必须在漆黑的环境里约会呢？我们就该这么做。我们应该在某个地方找个房间，里面黑得伸手不见五指，这样我们既能约会，还不会知道对方是谁。那样的话，就不会煞风景了。你觉得呢？

雅克

发件人：bluegreen118@gmail.com

收件人：hourtohour.notetonote@gmail.com

日期：11月18日，7：15

主题：回复：为什么，为什么，为什么？

僵尸雅克：

我真不知道该说什么了。一方面，我很遗憾你今天肯定会在浑浑噩噩中度过，希望你能挤出一两个小时去补一觉。另一方面，你在累了的时候真可爱。顺便说一句，你在凌晨时分写的东西真的是条理清晰，语法准确。

不过你今天要坚持下去，毕竟要考试，努力吧。祝你好运，雅克。我为你加油。

我从未听说过有那样的真人秀节目。我想我对真人秀是一无所知。你的主意很有意思，可我们怎么才能不认出彼此的声音呢？

小蓝

发件人：hourtohour.notetonote@gmail.com

收件人：bluegreen118@gmail.com

日期：11 月 18 日，19：32

主题：回复：为什么，为什么，为什么？

看到昨天夜里我给你写的邮件，我都有点吓到了。我很高兴我表现得很可爱，文法准确。我觉得你也很可爱，文法也很准确。不管怎么说，我不晓得我是怎么了。我想大概是昨天吃了太多糖。对不起，对不起，对不起。

是呀，我这会儿还感觉脑袋沉沉的。我甚至都不愿意想我考试考得怎么样。

你对真人秀节目不熟悉？你是说你爸妈不让你看？我爸妈就是这样。我敢打赌，你觉得我是在开玩笑。你说到声音，算是说到点子上了。我觉得我们可以用变声器，这样我们说话就跟黑武士一样了。又或者，我们可以只做事，不说话。我只是说说而已。

你的僵尸雅克

11

今天是感恩节后的第一天，爱丽丝回家了，吃完晚饭，我们都去了后门廊。天气暖和，我们穿着连帽衫和睡裤，吃剩下的冰激凌蛋糕，玩猜字游戏。

"著名的二人组和三人组？"

"阿伯特和科斯特洛[1]。"我妈妈说。

我和诺拉都说的是"亚当和夏娃"。这有点出乎意料，毕竟我们可能是南方唯一没有《圣经》的家庭了。

"轴心国。"我爸说，你能看得出他很为此骄傲。

"是《鼠来宝》。"爱丽丝漫不经心地说。我们都没猜对。我不知道。我们可是最喜欢《鼠来宝》动画片了。我们练熟了花栗鼠的声音，精心设计了主题歌，经常在壁炉前的平台上表演花栗鼠，一连好几年都乐此不疲。这样说起来，我们的父母还真是幸运。不过，正是他们给我们几个起名叫爱丽丝、西蒙和艾莉诺，这意味着他们其实是自讨

1　著名喜剧搭档。

苦吃。

爱丽丝用脚揉搓比伯的后背，她的两只袜子并不配套，真难以相信，三个月了，这是她第一次回家。我想我直到这一刻才意识到，她不在，家里是多么奇怪。

诺拉肯定和我的想法一样，所以她才说："真不敢相信你两天后就要走了。"

有那么一会儿，爱丽丝噘起嘴，却没有说话。天有些冷了，我把手伸进连帽衫的袖口里。跟着，我的电话震了一下。

是"猴子屁股"发来的短信：嗨周末有什么安排吗

不一会儿又来了一条：我是说你会不会和艾比出去

看来马丁还是一点也不在乎标点符号，这一点也不奇怪。

我回短信：对不起，我和家人在一起。我姐姐回来了。

他秒回了一条：太酷了斯皮尔，我哥哥也回家了。他问你好 ;)

我不知道他是在开玩笑，还是在威胁我，反正我就是讨厌他。此时此刻，我真是恨他恨得牙痒痒的。

"嘿!"爱丽丝说着把腿盘在椅子上，我们的父母已经去睡觉了，外面越来越冷。"不知道你们饿不饿，不过我有盒趣多多饼干，还剩下四分之三，就在我的手提袋里，就在那儿。"

谢天谢地，我们有爱丽丝。

谢天谢地，我们有趣多多饼干!

我要和我的姐妹一起度过一个美妙的夜晚，我要把嘴里塞满饼干，我当然会忘记"猴子屁股"和他那个阴森森的眨眼符号。我们走到客厅，坐在沙发上，比伯把前半部分身体趴在爱丽丝的大腿上，借此让它自己暖和过来。

"你们要不要尼克·艾斯纳?"诺拉问。

"你说真的?我要。去拿花生酱吧。"爱丽丝一副老大的样子说道。

尼克·艾斯纳是一种饼干,上面涂了一点花生酱,在我们五岁的时候,尼克认为这就是人们说的花生酱饼干。于是我们就管它叫尼克·艾斯纳饼干了。毫无疑问,这种饼干很好吃。可在我家,你永远都不可能忘记这样的事。

"小尼克·艾斯纳怎么样了?"

"他还是老样子,依然喜欢玩吉他。"要是知道爱丽丝依然管他叫小尼克·艾斯纳,他一定会觉得很没面子。自打我们上中学开始,尼克就有那么一点点迷恋爱丽丝。

"我正要问吉他的事呢,他太可爱了。"

"我会告诉他你这么说。"

"千万别。"爱丽丝向后仰头,枕在沙发垫子上,揉了揉眼镜后面的眼睛。"对不起,"她打了个哈欠,"我坐的是早班飞机。从这个礼拜起就开始赶功课了。"

"期中考试?"诺拉问。

"是呀。"爱丽丝说。显然她还有点别的事,不过她没有详细说。

比伯突然大声地打了个哈欠,侧身躺着,耳朵内侧翻到了外面。跟着,它的嘴唇动了动。它真是个怪胎。

"尼克·艾斯纳。"爱丽丝又说,跟着她笑了起来,"还记得他的受戒礼吗?"

诺拉咯咯笑了起来。

"老天。"我说。我现在真该用枕头把脑袋盖住。

"嘣嘣嘣。"

不，等等。现在真该用枕头给爱丽丝来两下才对。

她用脚把枕头踢开。"说真的，西蒙。要是你愿意，我们现在就可以在地板上给你清出一块地方。"爱丽丝说。

"西蒙·斯皮尔跳霹雳舞。"诺拉说。

"是。"尼克错就错在邀请我们全家去看他的受戒礼。我的家人还尝试在他们面前表演"嘣嘣嘣"街舞。在你上七年级的时候，这绝不是什么好主意。

"你就不希望回到过去，阻止糗事的发生？比如对上中学那会儿的爱丽丝说：'打住，停止你正在做的任何事情。'"

"老天，"诺拉摇摇头，"我甚至都不能去想中学的事。"

这是实话？

我是说，爱丽丝曾经戴了一个月的到手肘处的丝绸手套。而我很肯定我上六年级时在嘉年华吃了五个蛋筒冰激凌，然后就吐了，全都吐到了我自己手上（这没什么，吃了五个蛋筒，完全值得！）。

可诺拉？我甚至都不知道她那时候做了什么尴尬的事。从遗传或发育的角度来说，这似乎不可能，可她上中学时确实很酷。她的酷是那种不引人注目的酷。来自于自学吉他，穿正常的衣服，不给轻博客起名叫"着魔乐队的疯狂粉丝"。

我想就连诺拉也觉得中学是一场噩梦。

"是呀，我希望有人能让上中学时的西蒙尝试做个特别棒的人。只是试试。"

"你一向都特别棒，老弟。"爱丽丝说，她越过比伯，来抓我的脚。

我是老弟，诺拉是娃娃。不过我们只在爱丽丝面前这样。

"你的舞步超棒。"她又说。

"闭嘴。"我说。

有她在，一切都更完美了一些。

可没多久爱丽丝就走了，我也要去上学了，各种乱七八糟的事又拉开了序幕。我去上英文课的时候，怀斯先生冲我们露出一个叫人讨厌的微笑，这只能表示他已经给我们有关梭罗的短文考试打完分了。

我猜对了。他开始把试卷分发给学生们，我看得出来，大部分试卷上都有红墨水渍。利亚只瞄了一眼她的试卷，便把试卷折叠，撕掉底部，把剩下的纸叠成了一只千纸鹤。她今天看起来格外气愤。我百分百肯定这是因为艾比迟到了，还夹在她和尼克之间，坐在沙发上。

怀斯先生翻了翻一摞考卷，舔舔手指，拿出我的试卷。我很抱歉，可有些老师真的很恶心。他兴许还用手指挖过眼屎呢。我能想象得出来那是怎样一番情景。

一看到我试卷上的满分，我还真有点惊讶。这并不是说我的英文课成绩不好，我其实很喜欢《瓦尔登湖》。可我觉得我在测验前的那天晚上顶多只睡了两个钟头，没有理由得满分呀。

噢，等等，我是对的。确实没有理由，因为这根本不是我的试卷。请你记住我的名字，怀斯先生。

"嘿。"我说。我把身体探过过道，拍拍布拉姆的肩膀。他侧过身看着我。"看起来这好像是你的。"

"噢,谢谢。"他说着伸手接过试卷。他的手指修长,骨节突出。这双手真养眼。他低头看看试卷,又看看我,微微有些脸红。我看得出来,他不喜欢我看到他的成绩。

"不要紧。我是说,要是可以,我真希望那个成绩是我的。"

他笑了笑,视线又回到课桌上。你永远都不可能知道他在想什么。可我总觉得,布拉姆的内心可能特别有趣。我甚至都不知道我为什么会这么以为。

可说真的:不管他内心是什么样的,我都觉得我很愿意了解他。

那天下午,我走进彩排场,艾比坐在观众席的前排,闭着眼睛,嘴唇一直在动。她的剧本打开着放在她的腿上,一只手盖住了几句台词。

"嗨。"我说。

她猛地张开眼睛。"你站在这里多久了?"

"一会儿吧。你是在背台词吗?"

"是。"她把剧本翻转过来,用一条腿顶住剧本。她只用单音节来回应,这有点奇怪。

"你还好吗?"

"很好,"她点点头,"就是有点紧张。"她终于又说道:"你知不知道放假回来就不能看剧本了?"

"那可是圣诞假期。"我说。

"我知道。"

"还有一个月呢,你不会有问题的。"

"你说得倒是容易，"她说，"你只有那么几句台词。"

跟着，她抬起头看着我，扬起眉毛，嘴巴张得老大，我情不自禁地大笑起来。

"我太刻薄了，真不敢相信我竟然说得出这种话。"

"是超级恶毒。"我说，"你这个矫情的婊子。"

"你说她什么?"马丁问。

我对天起誓，这小子绝对是从平地里冒出来的，来探查我们的每一次对话。

"不要紧，马迪。我们只是在开玩笑而已。"艾比说。

"他说你是婊子，我觉得这很不合适。"

噢，老天，他来真的? 他突然冒出来，根本就没听到我们的玩笑，却掉过头来教训我不要说不该说的话。算你狠，马丁。把我弄得一钱不值，然后在艾比面前充好人。我是说，马丁·艾迪森在人前占领道德高地，却在背后威胁我，这整件事真是太他妈了不起了。

"马丁，我们其实只是在开玩笑。我有时也会说自己是个婊子。"她哈哈笑了，只是笑声有些紧绷。我盯着我的鞋子。

"你爱怎么说就怎么说好了。"马丁的脸微微有些泛红，他揉搓着手肘。我是说，如果他真想吸引艾比的注意，那最好不要继续这样神经紧张，老显得很尴尬，又招人讨厌。他或许不该继续抚摸手肘了，因为那真的很恶心。我甚至都不知道他有没有意识到他正在做这样的举动。

最糟糕的是，我很清楚，如果爱丽丝听到我说那个词，也会对我大声喊叫的。爱丽丝一向都坚持只能在适合的时候用上这个词。

合适："那只母狗¹生了一窝可爱的小狗。"

不合适："艾比是个婊子。"

即便我说她是个爱矫情的婊子，即便我只是在开玩笑。爱丽丝的逻辑或许很疯狂，但我现在还是感觉有点奇怪和不舒服。

我就是说不出"对不起"三个字，脸涨得通红。马丁依旧站在那儿。我恨不得找个地缝钻进去。我走上台阶，来到舞台上。

奥尔布赖特老师挨着泰勒坐在舞台上，正在泰勒的剧本上指点着什么。在舞台前部，扮演南希的那个女孩子正骑在那个扮演比尔·赛克斯的男孩肩上。在舞台后面靠左的位置上，一个叫劳拉的高二学生坐在一摞椅子上，正在哭鼻子，不时用袖子抹着鼻涕眼泪，我估摸米拉·奥多姆正在安慰她。

"你根本不知情。"米拉说，"看着我，看着我。"

劳拉抬头看着她。

"都怪该死的轻博客。那里面一半的内容都是编造的。"

劳拉的声音有些嘶哑，她还不停地吸鼻子。"可是……有那么……一点点……真实的……"

"都是胡说八道。"米拉说，"你得去和他谈谈。"跟着，她看到我站在那儿听她们说话，便狠狠地瞪了我一眼。

事情是这样的：西蒙表示"偷听者"，斯皮尔表示"偷窥者"。而这就是说，从根本上而言，我注定是个好管闲事的人。

1　bitch 既表示婊子，也表示母狗。

卡尔和两个高四[1]的女生坐在更衣室外面，背靠墙，腿放在身前。他一抬头看到我，对我笑了笑。他的笑容温和，真的很养眼。他的笑容跟图片里那种迷人的笑容一模一样。这会儿，我依然因为和艾比、马丁的对话感觉讪讪的，可我觉得他的笑让我感觉舒服了一点。

"嗨。"我说。那两个女孩子冲我微微一笑。萨沙和布里安娜都和我一样，演的是受费金[2]控制的男孩子。这挺有意思。对于这些受费金控制的男孩，只有我一个是真正的男孩。我觉得这是因为女孩子个头矮，或是看起来年纪小。我也说不清。不过这有点不妙，因为这表示在这些场景中，我是台上最高的人。老实说，这种情况不常发生。

"有事吗，西蒙?"卡尔说。

"噢，没什么。嘿，我们现在是不是该做点什么?"我一问出这话，脸就红了，因为这话说得好像我是在挑逗他。嘿，卡尔，我们现在是不是该去亲热了? 我们现在是不是该去更衣室里做爱，找点刺激?

不过我可能只是有点妄想罢了，卡尔似乎并没有从中听出别的意思。"还是不要了，我想奥尔布赖特老师马上就要完成她手边的工作了，然后就会告诉我们该怎么做。"

"那好吧。"我说。跟着我注意到了他们的腿。萨沙的脚踝稍稍贴着卡尔的腿。天知道这是什么意思。

我想我已经准备好结束这悲惨的一天了。

等到奥尔布赖特老师让我们离开的时候，天下起了大雨，我坐在

---

1 美国高中是 4 年制，为 9—12 年级，相当于中国的初三至高三。

2 狄更斯小说《雾都孤儿》中的贼首的名字。

汽车里，在车座上留下了屁股形状的水痕。我的衣服都湿透了，我甚至都没办法把眼镜擦干。而且，都快到家了，我才注意到我没开车头灯，到现在我都没被抓起来，还是真是够走运的。

我刚开到我家所在的街区，就看到利亚的车停在信号灯边，等待左拐。我估摸她是刚刚从尼克家出来。我冲她挥挥手，只是雨太大了，她根本看不到。雨刷来回摆动，我的胸口像是压着一块大石头。尼克和利亚一块出去却没叫上我，我不该为这事烦恼的。我只是感觉自己是个局外人。

不是一直这样，只是偶尔。

可是确实，我感觉自己是个不相干的人。我讨厌这样。

12

发件人：bluegreen118@gmail.com

收件人：hourtohour.notetonote@gmail.com

日期：12 月 2 日，17：02

主题：我本应该……

……写一篇英文课的作文，可我宁愿给你写邮件。我在我的房间里，窗户就在我的书桌边。外面阳光明媚，看起来好像很暖和的样子。我感觉我像是在做梦。

雅克，我必须承认，我对你的电子邮件地址好奇很久了。我终于再也控制不住，到万能的谷歌上搜了一下，现在我知道那是艾略特·史密斯[1]的一句歌词。我听说过这个人，却从未听过他的歌，于是我下

1　民谣歌手。

载了一首《华尔兹二号》[1]。希望我这么做不会吓到你。我真的很喜欢那首歌。我其实是有点吃惊的，因为那首歌很忧伤，我从没想到你会听这样的歌。我把那首歌翻来覆去听了好几遍，有意思的是，我听到它就会想起你。并不是因为那首歌的歌词或传达出的整体感情。而是因为一些不可捉摸的东西。我觉得我能想象到你躺在地毯上，一边听这首歌，一边吃奥利奥，或许还会写日记。

我还要坦白一点，我在学校里一直特别注意别人的T恤衫，看看是不是有人的衣服上印着艾略特·史密斯几个字。我知道这种可能性微乎其微。我也明白这不公平，毕竟我不该一方面试图辨认你的身份，一方面却不给你任何关于我自己身份的有用提示。

和你说件事吧，我爸爸这周末要从萨凡纳开车来，我们要在光明节那天去住酒店过节，这是我家的老传统了。只有我和他两个人，所以我很肯定到时候一定会特别尴尬。我们还会摆犹太烛台，但不点蜡烛（因为我们不想触发烟雾报警器）。然后，我会给他一些普普通通的东西，比如一杯奥罗拉咖啡，我的几份英文作文（他是个英文老师，所以很喜欢看这些）。接下来，他会让我一口气拆开八份礼物，之后开车回家，而这意味着我要到明年的这个时候才能再见到他。

最重要的是，我一直在考虑让尴尬来得更猛烈点，在这乱七八糟的时候宣布出柜。或许我应该用大写字母来强调：我要宣布出柜。我是不是很疯狂？

小蓝

1　Waltz #2

发件人：hourtohour.notetonote@gmail.com

收件人：bluegreen118@gmail.com

日期：12月2日，21：13

主题：回复：我本应该······

小蓝：

首先我要说，我以前怎么不知道你是犹太人？我觉得你这是在给我提示，对吧？我是不是应该在走廊里寻找戴犹太帽的学生？没错，我是查过之后，才知道犹太帽这个单词怎么拼。[1] 从语音学来讲，你们的人很有创造力，希望你过一个愉快的光明节。顺便说一句，奥罗拉咖啡绝不是什么普通的东西。事实上，我可能会借用你的主意，因为爸爸们都很喜欢咖啡。我爸爸尤其喜欢喝咖啡，因为他觉得自己是个潮人，这可真滑稽。

小蓝，你说的最重要的事就是跟你爸说出柜······我是说，你并不疯狂。我觉得你很了不起。你担不担心他的反应？你是不是也要告诉你妈妈？

你竟然上谷歌去查艾略特·史密斯，你这个举动真让我惊讶。自列侬和麦卡特尼之后，他可能是最伟大的歌曲作家了。你还说那首歌会让你想起我，我很开心也很吃惊，我真不知道该说什么才好。我词穷了，小蓝。

你说到的关于奥利奥和地毯的猜想真是太正确了，不过日记的事

1　犹太帽的拼法：Yarmulke。

可不对。我写过的最接近日记的东西，大概就是给你的邮件了。

你应该下载《好了，就这样吧》[1]和《在酒吧之间》[2]。我只是说说而已。

我讨厌这么说，可你要是通过看人们 T 恤衫上的歌手名字来找我，也许只是在浪费时间而已。我从来都不穿有歌手名字的 T 恤衫，虽然我有点希望这么做。对我而言，听音乐是一个人的事。或许我太古板，不会去看现场演唱会，才会说这样的话。不管是哪一种，我都只会听 iPod，从未看过任何人的现场表演，所以我觉得穿带有歌手名字的 T 恤衫而不去看他们的现场表演，像是欺骗行为。这逻辑说得通吗？不知道为什么，一想到要上网购买带某个歌手名字的 T 恤衫，我就感觉特别尴尬。就好像是对歌手不尊重似的。我不知道。

还有，不管从哪方面来说，我都认为，比起写英文作文，把时间用来给你写邮件要来得更让人开心。你真的很能让人分心。

雅克

发件人：bluegreen118@gmail.com

收件人：hourtohour.notetonote@gmail.com

日期：12 月 3 日，17：20

主题：回复：我本应该……

1　Oh Well, Okay

2　Between the Bars

雅克：

你不知道我是个犹太人，当然，因为我从没提到过。严格来说，我并不是犹太人，因为犹太教是母系相传的，而我母亲是美国圣公会教徒。我还没决定是不是真的要宣布出柜。但不知道为什么，我最近特别想公开这件事。也许我只是想赶快结束这一切。你呢？你有没有想过出柜？

要是说到宗教，那问题就复杂了。严格来说，犹太人和美国圣公会都是接受同性恋的，可你的父母是否如此，就不得而知了。你肯定看到过一些报道，有些家庭孩子是同性恋，父母则信奉天主教，严格遵守教会信条，这些父母最后组建了同性恋亲友会，组织了"同性恋骄傲大游行"。你也听说过有些父母并不反对同性恋，可一旦他们自己的孩子出柜，他们却无法接受。反正结果很难预料。

我觉得还是不要下载你说的那些艾略特·史密斯的歌了，我会向我爸暗示我想要他的几张专辑做光明节礼物。我向你保证，他已经为我挑选了六个礼物，正急于想得到暗示，好确定还应该送我点什么。

我知道我和你不可能在现实生活中买礼物送给对方，但我知道，要是我能这么做，我一定会从网上给你买各种印有歌手名字的T恤衫。或者我们可以去看现场表演。我想说，我其实对音乐一无所知，可我猜要是能和你一起听音乐，一定会很有意思。也许有一天这会成为现实。

我很高兴你觉得我能让你分心，不然的话就太不公平了。

小蓝

13

今天是周四，我正在上历史课。显然迪林杰太太问了我一个问题，因为大家都在看着我，而且看他们的眼神，好像我欠他们钱似的。我的脸变得通红，瞎说一通，希望能蒙混过关，看到她紧皱的眉头，摆出老师的派头，我觉得这肯定不是什么好兆头。

我是说，老师们认为他们可以左右你在想什么。你安静地坐在那里，让他们上他们的课，这还不够。他们觉得他们有权控制你的思想。

我不愿意去琢磨 1812 年的战争[1]，也不愿意知道一群该死的水手做了什么惊人的事儿。

我只想坐在这里想小蓝。我觉得我已经开始有点为他着迷了。一方面，他一直小心翼翼，不向我透露关于他的任何细节。可另一方面，他又给我讲了他的私事，要是我真的愿意，我就可以凭借这些信息来确定他的身份。我真的很想这么做，可我也不想这么做。这真让人困惑，

---

1 指美英之间发生的美国第二次独立战争。

而他就是个让人困惑的人。

"西蒙!"艾比从后面使劲儿拍了我一下,"借我支笔。"

我把笔递给她,她小声向我道谢。我四下看看,这才发现所有人都在写。迪林杰太太在黑板上写了一个网址。我不知道它是干什么用的,但我觉得等我抽时间查一下就知道了。我把网址抄在笔记本的空白处,在周围画上锯齿形状的线,像是漫画书里那种表示"砰砰响"的图案。

小蓝的父母是教徒,这让我有点心神不宁。说实话,我感觉自己就像个该死的傻瓜,因为我可能是这世界上最爱乱用上帝名字的人了。我根本不知道该如何才能在没有不敬神明的情形下使用上帝的名字。也许这对他来说并不是什么大事。他是小蓝,不是上帝。我是说,小蓝依旧给我发邮件,所以我想我并没有冒犯到他。

迪林杰太太让我们休息一会儿,不过不可以到处走,所以我只是坐在位子上发呆。艾比走过来,跪下,把下巴搭在我的课桌上。"嘿,你今天上哪儿去了?"

"你在说什么?"

"你像是魂游天外了。"

我用眼角余光看到马丁翻过别人的椅子,来到我们身边。这小子每次都这样。我向上帝发誓这是实话。

"伙计们,怎么了?"

"哈哈,"艾比说,"你的运动衫真滑稽。"马丁的 T 恤上印着"咱们来谈谈技术"几个字。

"你今天去彩排吗?"

"现在这变成可以选择的事了吗?"我问。跟着,我做了个从利亚那儿学来的动作，就是先把眼球转到一边，然后眯起眼睛。这可比翻白眼还要微妙，而且有效得多。

马丁盯着我。

"我们去彩排。"过了一会儿，艾比说。

"斯皮尔，"马丁突然说，"我有事对你说。"他的脸红扑扑的，T恤衫的领口上还有一块红色痕迹。"我一直在想一件事，我真挺想把你介绍给我哥哥。我觉得你们俩有很多共同点。"

我的脸立马涨得通红，脑袋里又传来熟悉的刺痛感。他又在威胁我了。

"那真好。"艾比说，她的目光在我和马丁之间来回转。

"啊，很好。"我狠狠盯着马丁，但他马上别过脸，看起来很难过。真的难过吗？这个该死的"猴子屁股"活该难过。

"嗯。"马丁不停地扭动两只脚，依旧望着我身后，"我想……"

我想和你谈谈你的性取向问题，把它当成我自己的事，西蒙。我现在就想把这件事告诉整个学校，因为我就是个王八蛋，这就是我接下来要说的话。

"嘿，等等，"我说，"我只是随便一说，但我一直都这么想来着。你们明天放学后想不想去华夫餐馆？我可以和你们对台词。"

我恨我自己，我真恨我自己。

"我是说，要是你们不——"

"噢，老天，你说真的，西蒙？那真是太棒了。明天放学后，对吗？我觉得我可以开我妈的车去。"艾比笑了，戳戳我的脸。

"太好了，谢谢，西蒙。"马丁小声说，"真是太棒了。"

"是的，太棒了。"我说。

我真的这么做了。我任由马丁·艾迪森敲诈我。我都不知道我自己的感觉了，是厌恶我自己，还是松了口气。

"你真是不可思议，西蒙。"艾比说。

我不是，根本就不是。

现在是周五晚上，我正在吃第二盘土豆煎饼，马丁一直缠着艾比问这问那。我估摸这就是他追女孩子的方式。

"你喜欢华夫饼吗?"

"我很喜欢华夫饼，"她说，"所以我才会吃。"

"啊。"他说，跟着毫无必要地猛点头，活脱脱一个提线木偶。

他们并排坐在一块，我坐在他们对面，我们找了个靠近厕所的小隔间，这里很清静，没人会打扰到你。就周五晚上而言，餐馆里的人并不多。我们后面的小隔间里是一对中年夫妇，他们一脸怒容。柜台那里坐着两个潮人，还有两个穿私立学校校服的女孩子在吃吐司面包。

"你是从华盛顿来的吗?"

"是的。"

"真酷。具体哪里?"

"塔科马帕克。"她说，"你很了解华盛顿吗?"

"也不算特别了解。我哥在乔治城大学上大二。"马丁说。

马丁和他那个该死的哥哥。

"你还好吗，西蒙?"艾比问，"喝点水吧!"

我一直咳嗽，止也止不住。马丁把他的水推到我面前。毫不夸张地说，他看上去恨不得咬我两口。

他的注意力又回到艾比身上。"你和你妈妈住在一起?"

她点点头。

"那你爸爸呢?"

"他还在华盛顿。"

"噢,真对不起。"

"没关系。"艾比说着哈哈笑了两声,"要是我爸爸好端端地住在亚特兰大,我现在绝不可能跟你们两个出来玩。"

"啊,他这么严格吗?"马丁问。

"是呀。"她说。她的目光转向我,"你觉得我们是不是应该开始第二幕了?"

马丁伸了个懒腰,打了个哈欠,身体笔直,姿势怪怪的,我看着他尝试把手臂挨着艾比的手臂放在桌上。艾比立刻就把胳膊拿开了,假装在肩膀上抓痒。

我想说,这情形真是惨不忍睹。惨不忍睹,却很过瘾。

我们对了这场戏的台词。真是一场灾难。我没有台词,所以我不该评价。我知道他们都很努力。可每说一句,我们都得停下来,这也太荒谬了。

"他离开了。"艾比说,她用一只手盖住剧本。

我冲她一点头。"离开了,乘坐……"

她紧紧闭上眼睛。"乘坐……马车离开了?"

"对啦。"她睁开眼睛,我看到她的嘴唇在动,但没有发出声音。马车。马车。马车。

马丁一直在愣神,使劲儿用指关节挤压脸颊。他的指关节特别突出。马丁身上的各个部分都很鲜明:大眼睛,长鼻子,厚嘴唇。光是看着他就会觉得累。

"马丁。"

"对不起。到我了？"

"道奇说他坐马车离开了。"

"马车？什么马车？哪里有马车？"

就差一点了。永远也达不到完美的地步。永远都是差一点。我们又得重新对这一幕的词儿。我心想：周五晚上就这么过了。从理论上来讲，我本可以出去喝个大醉。我本可以去看演唱会。

我本可以和小蓝一起去看演唱会。

可现在我只能说"奥利弗乘马车离开"，而且是说了一遍又一遍。

"我是背不下来了。"艾比说。

"不是在圣诞假期结束前背好就行了吗？"马丁问。

"是呀，但泰勒早就都背下来了。"

艾比和马丁都在这部戏中有不少戏份，但泰勒是主角。而且，这可是《雾都孤儿》，泰勒演的是奥利弗！

"可是泰勒有过目不忘的本事。"马丁说，"不过，是据说而已。"

艾比微微一笑。

"还有非常快的新陈代谢。"我补充道。

"而且天生就有小麦肤色。"马丁说，"她根本用不着晒太阳，她一生下来就这样。"

"是呀，拥有小麦肤色的泰勒。"艾比说，"我真是嫉妒死了。"我和马丁全都爆笑起来，因为艾比的皮肤比泰勒的黑多了。

"我还想再要一份华夫饼，这没什么可奇怪的吧？"马丁问道。

"你不点才奇怪。"我说。

有件事我真不明白：我觉得我几乎有点喜欢他了。

14

发件人：hourtohour.notetonote@gmail.com

收件人：bluegreen118@gmail.com

日期：12 月 6 日，18：19

主题：出柜

你宣布了吗，你宣布了吗，你宣布了吗？

雅克

发件人：bluegreen118@gmail.com

收件人：hourtohour.notetonote@gmail.com

日期：12 月 6 日，22：21

主题：回复：出柜

我没那么做。

我去了酒店，我爸准备好了过光明节需要的所有东西：犹太烛台，包装好的礼物摆在床头柜上，一盘土豆烙饼，两杯巧克力牛奶（我爸爸肯定把巧克力奶和油炸食物放在一起了）。反正就是看起来他付出了很多心血，我很感动。我的胃一直在翻腾，我真的打算告诉他。可我不想这么直接，所以我就决定等到拆完礼物再说。

你有没有听说过这样的事：人们打算向父母坦白他们是同性恋，可他们父母说他们早就知道了？我爸爸是不会这样的。我很肯定他不知道我是同性恋，因为你不会相信他选了什么书送给我。《我妻子的历史》，作者是卡萨诺瓦（或者按你的话说，是"该死的"卡萨诺瓦）。

现在回想起来，这本书或许是个特别好的契机。或许我真该让他给我换一本奥斯卡·王尔德[1]的书。我不知道，雅克。我觉得这种情况让我打了退堂鼓。但现在我觉得假装异性恋也有好处，我觉得要是我先告诉我爸，我妈一定会伤心的。面对离婚的父母，事情就会有点复杂。整件事真叫人不知所措。

我的新计划是先告诉我妈。不是明天，因为明天是周日，我想最好不要在刚做完礼拜后就说这事。

为什么对你说这事，会这么容易？

小蓝

---

1 美国作家、艺术家，是同性恋。

发件人：hourtohour.notetonote@gmail.com

收件人：bluegreen118@gmail.com

日期：12 月 7 日，16：46

主题：回复：出柜

小蓝：

　　真不敢相信你爸竟然送了你一本该死的卡萨诺瓦写的书。你一定认为你爸爸不能更无知了，对吗？难怪你当时难以启齿了。我很遗憾，小蓝。我知道你因为要宣布出柜还很兴奋来着。或者你只是有点反胃，要是如此，我很遗憾虽然没发生什么，但你还是恶心了。我还真不晓得该怎么对离婚的父母宣布出柜。我只是打算找个时间，让我爸妈坐在沙发上，一口气宣布这件事。可你不能这么做，对吧？我真为你心疼，小蓝。我希望你不必经历两次这种煎熬。

　　至于为什么和我说这事这么容易，可能是因为我很可爱，语法又准确？你真觉得我的语法没问题？毕竟怀斯先生老说我写的句子残缺不全。

雅克

发件人：bluegreen118@gmail.com

收件人：hourtohour.notetonote@gmail.com

日期：12 月 9 日，16：52

主题：回复：出柜

雅克：

你也知道，并不是因为你很可爱，所以和你交流才比较容易。事实正好相反，在现实生活中，我在可爱的人周围总是无话可说，因为我胆怯。这也是不由自主的。可我知道你这么问，是因为你希望听到我再说一遍你很可爱，那我就如你所愿。你很可爱，雅克。我觉得你的句子确实不完整，但我喜欢。

我不肯定你是不是有意告诉我你英文老师的名字。你留下太多线索了，雅克。有时候我都怀疑你是不是无意间透露这么多的。

反正就是谢谢你的聆听。谢谢你，为了所有的一切。这个周末真是太怪异，太不切实际了，但能和你说说，我感觉好了很多。

小蓝

发件人：hourtohour.notetonote@gmail.com
收件人：bluegreen118@gmail.com
日期：12 月 10 日，19：11
主题：回复：出柜

小蓝：

是呀。我不是有意提到怀斯先生的。我觉得只要你愿意，你或许就可以猜到我是谁。抱歉，我真是个该死的大傻瓜。

那些叫你紧张的家伙都是谁？他们不可能很可爱。你最好不要喜欢他们那些残缺不全的句子。

关于你即将与你母亲摊牌的事，要是有进展，就发邮件给我，好吗？

雅克

15

在华夫餐馆里读狄更斯——我想这成了我们的新消遣。艾比今晚没开车，所以周五放学后她和我一块回她家去拿晚上睡觉用的睡袋。艾比住得那么远，我知道这一趟肯定很费力，可我喜欢夜不归宿。

不出所料，我们比马丁来得早。今晚餐馆里的人比较多。我们找了张桌子，但桌子靠近入口，所以我们已经感觉备受瞩目了。艾比坐在我对面，立刻就开始用果酱和糖搭小房子。

马丁急匆匆走了进来，在六十秒内，他换了两次饮品订单，直打嗝，还过度热情地用手指戳了戳艾比的糖屋。"啊，对不起，对不起。"他说。

艾比冲他微微一笑。

"我忘带剧本了。见鬼。"

他今晚状况不少啊。

"那和我一块看吧。"艾比说着向他靠了靠。快瞧瞧马丁的表情。我差点儿忍不住笑出来。

我们先对第二幕，情况不像一周前那样惨不忍睹了。至少我不用每句台词都提示了。我开始胡思乱想。

我想到了小蓝，我无时无刻不在想他。我的脑子只会朝着这一个方向运转。今早我又收到了他的一封邮件。最近我们几乎每天都通邮件，我满脑子都在想他，这太疯狂了。今天，我差点儿就毁了化学实验室，因为我脑子里想的是怎么给小蓝回邮件，却忘了正在倒硝酸。

这很奇怪，因为小蓝的邮件曾经对我的生活来说只是一个意外。可现在我觉得或许那些邮件就是我的生活。在做其他事情时倒像是在梦中。

"噢，老天！马迪，不要，"艾比说，"千万不要。"

突然之间，马丁跪在座位上，头向后仰，紧紧抓着胸口，放声高歌起来。他正投入地表演着这部戏第二幕中的大人物。我是说那个混蛋，他的声音和费金的一模一样，低沉，夹杂着颤音和含糊不清的英国口音。他在那一刻光芒四射。

人们都目瞪口呆地看着我们。我连话都说不出来。我和艾比默默地看着对方，不光惊讶，也很尴尬。

他唱完了整首歌。我想他一直都在练习这首歌来着。我不是在开玩笑。接下来，他若无其事地回到座位上，开始往华夫饼上倒糖浆。

"我都不知道该对你说什么了。"艾比说完叹口气。跟着，她拥抱了他。

我对天发誓，他就跟该死的动画人物一样。我几乎可以看到心脏从他的眼睛里跳出来。他对上我的目光，那张大香蕉嘴都快咧到耳根了。我情不自禁地对他笑笑。

或许他在敲诈我，或许他也会成为我的朋友，谁知道会发生什么事呢。

或许只是我太兴奋了。我不知道该怎么解释。一切都很有意思，马丁很有意思，马丁在华夫餐馆里唱歌简直滑稽到了极点。

两个小时后，我们在停车场和他挥手道别，艾比钻进我车里的副驾驶座。夜空十分晴朗，有那么一会儿，我们冻得瑟瑟发抖。不过，过了一会儿，暖风吹过来，就暖和多了。我把车倒出停车位，开上罗斯威尔路。

"这歌是谁唱的?"艾比问。

"雷洛·奇丽乐队。"

"没听说过。"她打了个哈欠。

我们听的是利亚送我的生日礼物唱片，里面有雷洛·奇丽乐队的头两张专辑里的三首歌。利亚对詹妮·刘易斯有着少女般的迷恋。你不可能不迷恋詹妮·刘易斯。我比她小了二十岁，而且是个百分百的同性恋，可我还是想跟她亲热。

"今晚马丁真够呛。"艾比说着直摇头。

"真是个怪胎。"

"可爱的怪胎。"她说。

我左拐来到荫溪环路。车里暖和起来，街上空空荡荡，所有的一切都让人感觉安静、舒服和安全。

"真的很可爱。"她确定地说，"不过可惜，他不是我喜欢的类型。"

"也不是我喜欢的类型。"我说，艾比哈哈笑了起来。我感觉像是有什么东西在紧紧揪住我的胸口。

我应该告诉她实话。

小蓝今天晚上要向他妈妈宣布出柜，至少他是这样计划的。他们会一起在家里吃晚饭，他还要试着让她喝点酒。然后他就会和盘托出。我很为他紧张。可能还有点嫉妒他。

对于他要向他妈妈交代实情的这件事，我总有种奇怪的失落感。我希望自己是唯一知道这个秘密的人。

"艾比，我有件事要对你说。"

"说吧。"

音乐就快放完了。前面是红灯，我们停下车，等待左转，耳畔响起的只有转弯指示灯发出的疯狂的咔嗒声。

我觉得我的心跳也达到了同样的节奏。

"你一定不能说出去。"我说，"别人都不知道。"

她没说话，但我感觉到她向我微微侧过身。她把腿放在座位上，等我开口。这不在我今晚的计划中。

"那个，我想说的是，我是同性恋。"

这是我头一次说出这个秘密。我的手放在方向盘上，一动不动，等待出现一些不同寻常的东西。信号灯转绿。

"啊。"艾比说。接下来是一阵令人煎熬的沉默。

我左转。

"西蒙，停车。"

我的右前方有一家小面包店，我把车开上那家店的车道。夜里面包店已经停止营业了。我把车在停车场停好。

"你的手在发抖。"艾比轻声说。跟着，她把我的一只手臂拉到她面前，把我的袖子往上推，用两只手握住我的手。她这会儿盘腿坐在座位上，侧着身体面对着我。我都不敢直视她。

"这是你第一次对别人说起这事？"过了一会儿，她说。

我点点头。

"喔。"我听到她深吸一口气，"西蒙，我真的感到很荣幸。"

我向后一靠，叹口气，扭过身体看着她。我感觉安全带紧紧地勒在我身上。我从艾比手里抽回我的手，解开安全带。接着，我把手放回她的手中，她把手指和我的手指交缠在一起。

"你惊讶吗?"我说。

"不。"她直视我的眼睛。周围只有街灯的灯光，艾比的眼睛几乎只剩下瞳孔，而边缘则是淡淡的棕色。

"你以前就知道?"

"完全不知道。"

"但你并不惊讶。"

"你希望我惊讶?"她看起来有点紧张。

"我不知道。"我说。

她用力挤挤我的手。

我很想知道小蓝进展得怎么样了。我很想知道小蓝是不是也和我现在一样，感觉心绪不宁。事实上，他不只是心绪不宁这么简单。他可能紧张到连话都说不出来。

我的小蓝。

太奇怪了，我竟然认为我这么做是为了他。

"你要怎么办?"艾比问，"你是要告诉所有人吗?"

我停顿了一下说："我不知道。"我还没认真想过这个问题。"我想最后还是会这么做的。"

"好的，我爱你。"她说。

她戳戳我的脸。然后我们回家了。

16

发件人：bluegreen118@gmail.com

收件人：hourtohour.notetonote@gmail.com

日期：12 月 13 日，12：09

主题：宣布成功

雅克，我真的做了。我告诉我妈了。简直难以置信。我到现在依旧感觉很疯狂，很紧张，很不安，好像我不再是我了。我看我今晚是睡不着了。

我想她是接受了。她没有提到宗教，始终都很冷静。有时候我都忘了我妈妈能够非常理性，并善于分析（她其实是个流行病学家）。她最关心的似乎是我能不能明白确保每次性行为安全的重要性，包括口交。不，我没开玩笑。我告诉她说我的性欲并不旺盛，可她好像不信。我觉得这种情况真令人开心。

反正我很想谢谢你。我以前没对你说过，雅克，可你应该知道，正是因为你，我才能做到这个。我以前觉得我肯定没有勇气这样做。真是太不可思议了。我感觉好像有一堵墙倒了，我不知道为什么，我不知道将会发生什么。我只知道你是这一切的理由。所以，谢谢。

小蓝

发件人：hourtohour.notetonote@gmail.com

收件人：bluegreen118@gmail.com

日期：12月13日，12：54

主题：回复：宣布成功

小蓝：

　　我真为你骄傲。要是可以，我真想拥抱你一下。

　　哇喔，你妈妈让你每次都注意包括口交在内的性生活，你爸爸让你去看该死的卡萨诺瓦的书，这么说，你父母很注意你的性生活了。父母们千万别再做这些叫人尴尬的事了。不过，我要说，除非你找到一个非常棒的人，否则是不需要考虑性这个问题的。这个人最好是个坏蛋，坏到他那个街区里的熊孩子都不敢去他家的门廊里偷偷撒尿。这个人写出的句子语法混乱，偶尔还会暴露自己的秘密。是的，没错。

　　小蓝，你激励了我。我昨天晚上也宣布出柜了。不过对象不是我的父母。我告诉了一个我最好的朋友，只是我并没有事先计划好这么做，当时很尴尬，很奇怪，但也很美好。我感觉松了口气，但还有点尴尬，因为我觉得自己把事情搞大了。不过这很有意思。我在一定程度上感觉我跨过了一道界线，现在我在界线的那一边，并且意识到我回不去了。我觉得这是一种很好的感觉，至少是一种很兴奋的感觉。但我不能肯定。我是不是有点语无伦次了？

这是不是就是你说的一堵墙一瞬间倒塌的感觉？我觉得你太过夸奖我了。你才是今晚的英雄，小蓝。你推倒了挡在你面前的墙，也许你也推倒了横在我面前的墙。

雅克

发件人：bluegreen118@gmail.com
收件人：hourtohour.notetonote@gmail.com
日期：12 月 14 日，00：12
主题：回复：宣布成功

雅克：

我不知道该说什么。我真为你骄傲。这件事太重要了，对吗？我觉得我们余生都不会忘记这件事的。

我完全了解你说的跨过界线是什么意思。我觉得这种事只会朝一个方向发展。一旦宣布出柜，就不可能回头。有点恐怖，是不是？我觉得我们很幸运，因为我们是现在宣布出柜，而不是在二十年前，但这依然是信仰的飞跃。做起来要比我以为的容易，但同时，也难了很多。

不用担心，雅克。能让我联想到性的，只有一个人：他曾在情人节那天躲在厕所里，以免见到八年级的女朋友；吃很多奥利奥饼干；

听特别压抑又美妙的音乐，却从不穿带有歌手名字的 T 恤衫。

我想我有非常具体的对象。

（我不是在开玩笑。）

小蓝

17

我必须见见他。

我想我要受不了了。我才不在乎这么做会不会毁掉一切。不然的话，我就该和电脑屏幕谈恋爱了。

小蓝，小蓝，小蓝，小蓝，小蓝，小蓝，小蓝。

我真感觉自己要燃烧了。

在学校里，我一整天都感觉紧张难安，这毫无意义，因为这一切根本就没有现实的基础。我有的只是屏幕上的一堆文字。我甚至都不知道他叫什么名字。

我想我是有点爱上他了。

在整个彩排期间，我的目光都没有离开卡尔·普里斯，希望他能给我点提示。任何提示，随便什么都行。他拿出一本书，我直勾勾地看着封面上的作者名字。因为那本书有可能是该死的卡萨诺瓦写的，而我只认识一个人有该死的卡萨诺瓦写的书。

可惜那本书是《华氏451度》[1]。大概是上英文课用的。

我是说，要是一个人面前的墙倒塌了，他会是什么样子？

其实今天有很多人都心不在焉，因为大家都在谈论一个高二年级的学生，他偷偷溜进化学实验室，把他的一些废物放在了烧杯里。我甚至都不知道这事。显然，这事都上了轻博客。不过我猜奥尔布赖特老师都听腻了这件事，于是提早让我们回家了。

所以，当我把车开进车道的时候，天还亮着。比伯一看到我就开始撒欢。看起来好像我是第一个回家的。我有点想知道诺拉在哪里。说实话，她不在家这事很不同寻常。

我心里七上八下的。我甚至不想吃点心，连奥利奥都不想吃。我不能只坐在那里等。我给尼克发了个短信，看看他在干什么，虽然我知道他肯定在地下室玩电子游戏，因为在橄榄球季开始前，这是他每天下午都会干的事。他说利亚正在来的路上。于是我给比伯套上狗链，锁好家里的门。

我们到那里的时候，利亚正好把车开进车道。她摇下窗户，呼喊比伯，它立刻甩开我，冲到她的车边。"你好，甜心。"她说。它把爪子搭在门框上，礼貌地舔了她一下。

"你刚刚彩排完吗？"我们沿小路向尼克家地下室大门走的时候，利亚问道。

"是呀。"我拧门把手，把门推开，"比伯，不，过来。"

好像它这辈子没见过松鼠似的。该死，老天。

1　*Fahrenheit*，雷·布拉德伯利所著的科幻小说。

"天啊，现在是一天两小时，一周三天吗？"

"是一周四天。"我说，"除了周五外，每天都要彩排。这周六要彩排一整天。"

"喔。"她说。

见我们走进去，尼克关掉电视。

"《刺客信条》？"利亚冲空白屏幕一扬头，问道。

"是的。"尼克说。

"不错。"她说。我只是轻轻耸耸肩。我对电子游戏一无所知。

我挨着比伯躺在地毯上，比伯仰面躺在地上，嘴唇向后翻，露出牙床，看起来可笑极了。尼克和利亚正在聊《神秘博士》，利亚坐在电脑游戏椅子上，用力拉了拉磨损了的牛仔裤边缘。她那张长着雀斑的脸粉嘟嘟的，她说了她的一些观点，整个人生气勃勃。他们都对穿越时空这事儿很着迷。于是我闭上眼睛，想着小蓝。

好吧。我迷恋上了一个人。这和迷恋某个歌手、演员或讨厌的哈利·波特不一样。我的迷恋是真实的，而且已成定局，这几乎让人变得虚弱。

我是说，我躺在尼克家地下室的地毯上，这里有变形金刚、光剑之战和喝不完的果汁，而在整个世界里我最需要的就是小蓝给我的邮件。尼克和利亚依旧在谈论《神秘博士》里那艘该死的宇宙飞船。他们甚至都不知道我是个同性恋。

我不知道该怎么做。周五我向艾比吐露了秘密，我还以为很容易就能向利亚和尼克宣布出柜。毕竟我已经说过一次了，所以再说一次应该更容易。

一点也没有更容易。是根本不可能。即便我感觉认识艾比一辈子了，可实际上她才搬来这里四个月。我觉得她根本来不及对我有任何既定的认知。可我打六年级开始就认识利亚了，而我和尼克的交情是从四岁开始的。现在我要宣布我是同性恋，这是件很大的事，我觉得是难以逾越的事。我不知道该如何才能对他们说出这件事，也不知道怎样在这件事之外保持西蒙本色。因为如果利亚和尼克认不出我，我也就再也无法认出我自己了。

我的手机震动了一下。是"猴子屁股"发来的短信：嗨，最近要不要再去一趟华夫餐馆？

我没理他。

我讨厌与尼克、利亚之间的距离感。这不像一般的那种暗恋，我们从来都不会说起我们喜欢谁这个话题。甚至是利亚喜欢尼克这件事，我看得出来，我肯定尼克也看得出来，但我们都心照不宣地不去谈论它。

我搞不懂我是同性恋这件事为什么不能像这样。我不知道为什么对他们隐瞒会让我觉得我过着秘密的生活。

我的手机开始震动，是我爸打来的。这大概表示晚饭准备好了。

我讨厌自己竟然感觉松了口气。

我一定会告诉尼克和利亚的。

我在学校里度过了圣诞假期的第一个周六。大家穿着睡衣在舞台上坐成一圈，吃甜甜圈，用塑料杯喝咖啡。只有我和艾比坐在舞台边缘。我的脚悬在乐池边，她的腿放在我的腿上。

我的手指上粘着糖粉。我感觉自己像是在千里之外。我望着砖块。礼堂后墙上一些砖块的颜色比较暗，就跟棕色差不多，形成了双螺旋形状。杂乱无章，却异常精致。

双螺旋形状很有意思。脱氧核糖核酸，我想到了这个。

努力不去想某件事就好像在玩打地鼠游戏。每次你压下一个念头，另一个就会冒出来。

我觉得我心里有两只"地鼠"。一只是在这个礼拜，我已经和尼克、利亚在彩排后出去玩了三天，这表示我有三次机会向他们坦白我是同性恋，却接连错过了三次机会。另一只是小蓝，小蓝的语法完美无缺，他压根儿就不知道我把每次发给他的电子邮件检查了多少遍。小蓝，他是如此谨慎，有时候却又那么爱调情。他会想到性，但只会想到与我发生性关系。

但你知道：双螺旋的形状，弯弯曲曲，一圈又一圈，双螺旋。

马丁从观众席后面的门走了进来。他穿着一件很长的老式睡衣，还戴着卷发夹。

"哇喔，他真是——好吧。"艾比点点头，对马丁笑笑，马丁则用脚尖站立，旋转了一圈，马上就被睡衣绊了一下，眼看着就要摔倒。可他一把抓住了一把椅子的扶手，还露出了得意扬扬的微笑。这就是马丁，他所做的一切都是在炫耀他自己。

奥尔布赖特老师走到一圈人边上，叫我们集合。我和艾比靠近大部队。最后，我挨着马丁，对他笑笑。他轻轻打了一下我的胳膊，但一直目视前方，他活像个带孩子打儿童棒球的老爸。只是这个老爸穿得好像我奶奶。

"计划是这样的，各位睡衣同学。"奥尔布赖特老师说，"今天早晨我们要微调音乐剧表演曲目。先进行集体曲目，然后分成小组。中午吃比萨，那之后我们要整体彩排一遍。"

我看到卡尔坐在她身后的平台上，正在剧本的边缘空白处写着什么。

"有问题吗?"她问。

"我们这些已经背下台词的人，是不是还要拿着剧本记笔记呀?"泰勒问。她说这话就是为了让我们知道她把台词背下来了。

"今天早上的要记，下午的就不用了。我们在完成后会检查笔记。我希望能一次不停地彩排完两幕。很显然这事不好办，但我们能做好。"她打了个哈欠，"那好吧，我们休息几分钟，然后开始开场曲《食物，光荣的食物》。"

我站起来，趁我还来不及劝自己打消念头，我就走过去，在卡尔身边坐下。我用手肘撞了一下他的膝盖。

"圆点花纹不错。"我说。

他笑了。"很漂亮的拉布拉多犬。"

我是说，他太可爱了，于是我听其自然。但我裤子上的狗狗一看就知道是金毛猎犬。

我偷偷看了眼他的剧本。"你画的是什么?"

"啊，这个? 我不知道。"他说。他把刘海向后一拨,脸红了。老天，他太可爱了。

"我不知道你还会画画。"

"会一点吧。"他耸耸肩，把活页夹一歪，让我看清楚。

他的画动感十足，棱角分明，铅笔的线条十分醒目，还不赖。利亚画得更好。但这并不重要，因为重要的是卡尔画的是一个超级英雄。

我是说，他画了个超级英雄。我的心跳几乎就要停止了。小蓝就喜欢超级英雄。

小蓝。

我悄悄地更靠近一点，我们的腿挨在了一起，不过只是微微的碰触而已。

我不肯定他是不是注意到了。

我不知道今天我为什么会这么大胆。

我 99.9% 肯定卡尔就是小蓝。但也有 0.01% 的微小可能他不是。不知道为什么，我就是不能直接去问他。

所以我只是问他："咖啡好喝吗？"

"很棒，西蒙。不错。"

我抬起头，意识到艾比正饶有兴味地看着我。我瞪了她一眼，她就别开脸，但看到她一脸的"我懂"的微笑，我差点没吐血。

奥尔布赖特老师让我们一帮人去音乐室，并让卡尔负责。总而言之，这情况太完美了。

要去音乐室的话，我们就得步行穿过数学和科学教室，再下后楼梯。周六这里很暗，看起来有些诡异和可怕。学校里空无一人。音乐教室位于楼下大厅的凹室。我以前是合唱队的，所以在这里待过。音乐教室还是老样子。我觉得这里二十年来就没变过。

音乐教室四周有内置舞台，呈分裂的六边形形状，台上有三排椅子。教室中央摆着一架巨大的木制竖式钢琴。教室的前面用胶带贴着一张标志牌，提醒我们要站姿优雅。卡尔坐在钢琴凳的边缘，一只手臂放在脑袋后面。

"或许我们可以先练练《想想你自己》或《选一两个口袋》。"他说，两只脚在钢琴凳的腿上蹭来蹭去。他看起来有点不知所措。马丁想把他的卷发夹放到艾比的马尾上，艾比则用一根木鼓槌戳他的肚子，有两个人拿出吉他，随手弹起了流行歌曲。除了我，没有人真的在听卡尔说话。好吧，除了我，还有泰勒。

"你需不需要我们把这些谱架拿开？"我问。

"噢，好呀。那样就太好了。"他说，"谢谢。"

某个谱架上的一张纸吸引了我的注意。纸是橘红色的，上面用黑色记号笔写着"设置列表"几个字。下面有歌曲列表，全是经典歌曲，比如《爱上谁》和《比利·珍》。

"那是什么？"泰勒问。我耸耸肩，把纸递给她。

"我觉得这不应该出现在这里。"她说着把纸丢在一边。她当然是这么觉得。泰勒与一切很棒的东西为敌。

卡尔拿来了奥尔布赖特老师的笔记本电脑，里面有所有歌曲的钢琴伴奏录音。所有人都希望一次彩排完成，结果还不算太糟。虽然我不愿意承认，但除了尼克，泰勒的嗓子大概是全校最好的，而艾比的舞跳得特别棒，她绝对可以在演出里挑大梁。还有，马丁的任何舞蹈都很奇怪、荒唐和滑稽。特别是在他穿着睡衣的时候。

距离回礼堂重新集合还剩下一个小时左右，我们或许应该重新练习一遍。但今天是周六，学校里空空荡荡，也很黑，我们这群戏剧社的孩子全都穿着睡衣，又吃了很多甜甜圈。

最后，我们在楼梯上唱迪士尼的歌。真奇怪，艾比知道《风中奇缘》的每首歌的每句歌词，而《狮子王》《阿拉丁》和《美女与野兽》这些电影的插曲，我们也都会唱。泰勒竟然还可以即兴创作和声，我估摸是唱了《雾都孤儿》里的歌，我们全都进入了状态，因为那听起来真的棒极了。楼梯井的音响效果真他妈惊人。

然后我们回到楼上，米拉·奥多姆和伊芙·米勒从电脑室拿来了几辆轮椅。溪林高中的走廊这么长，这么直，哈，真是挺方便的。

有件事倒是挺不错：我用两只手抓着轮椅的底部，而卡尔·普里斯则全速奔跑，推我穿过走廊。我们和参加集体演出的两个高二女孩比赛。卡尔是那种动作很慢的人，所以她们占了上风，但我不在乎。他的手握住我的肩膀，我们都在哈哈笑，一排排的储物柜嗖嗖闪过，看上去就好像蓝色牙膏一样的模糊物。我把腿放下，我们慢慢地停下来。我觉得我必须站起来。我抬起手，和卡尔击掌，但在一刹那间，他把手指和我的手指交缠在一起。跟着，他低头笑了，刘海挡住了他的眼睛。我们把手松开，我的心突突直跳。我慌忙从他的身上收回视线。

跟着，泰勒坐上一把轮椅。艾比推着她跑，她的一头金发向后飘扬，她们是无可争议的冠军。我认为这都要归功于艾比和她的大腿肌肉。我竟然不知道她跑得这么快。

艾比瘫倒在我怀里，一边哈哈大笑，一边气喘吁吁，我们一块坐在地上，背靠在衣帽箱上。她把头靠在我的肩膀上，我则搂住她的背。利亚很不习惯与人有肌肤接触，出于不言而喻的原因，我从来都没有真正碰触过尼克。但艾比喜欢拥抱，我其实也喜欢拥抱，所以这很好。

自从那天晚上从华夫餐馆出来后在车里袒露心声以来，我们之间的一切都显得自然又舒服。坐在艾比身边真的感觉很惬意，闻着她身上那股充满魔力的法式吐司香气，一起看高一学生轮流坐在轮椅上比赛。

我和艾比就这样坐了很久，我的手臂都开始感觉刺痛了。但一直到我们走回礼堂，我才意识到有两个人一直在盯着我们。

一个是卡尔。

另一个是马丁，这家伙看起来一脸不爽。

"斯皮尔。我要和你谈谈。"马丁把我拉进楼梯井。

"现在？奥尔布赖特老师还在等我们——"

"奥尔布赖特老师可以等一会儿。"

"那好吧。什么事？"我靠在栏杆上，看着他。楼梯井光线昏暗，但我的眼睛已经适应了，所以看得出马丁的下巴绷得紧紧的。他停下，等其他人走远，听不到我们说话。

"这么说，你觉得这事很可笑？"他小声说。

"什么？"

他没有详细说明。

"我完全不知道你在说什么。"我终于说道。

"你当然不知道。"马丁双臂抱怀，用力抓他的手肘，双眼冒着怒火。

"马迪，我是说真的。我不明白为什么生气。要是你想给我详细讲讲，那就太好了。不然的话我不知道该对你说什么。"

他重重地呼出一口气，靠在栏杆上。"我觉得你在羞辱我。是的，我感觉到了。我确定你并没有用尽全力按照我们约定好的去做——"

"约定？你是说你敲诈我这事儿？是呀，我不愿意受人敲诈，如果你想知道的就是这个的话。"

"你认为我他妈的是在敲诈你？"

"不然你管这事儿叫什么呢？"我说。但说来有趣——我并没有真生他的气。这一刻我是有点不知所措，但不是愤怒。

"听着，结束了。艾比那件事结束了，好吗？现在你可以忘记这件该死的事了。"

我一时语塞。"你和艾比怎么了？"

"确实发生了点事。我他妈的被拒绝了。"

"什么？什么时候的事？"

马丁突然站直身体，满脸通红。"就在她扑进你怀里前的五分钟。"他说。

"什么？不是——"

"你知道吗？省省吧，斯皮尔。你知道你能做什么吗？你可以告诉奥尔布赖特老师，他妈的一月份再见吧。"

"你要走了？"我问。

我真不晓得到底出了什么事。他在走开时朝我竖了中指。他甚至都没回头看我一眼。

"马丁，你是不是——"

"祝你他妈的圣诞快乐，西蒙。"他说，"祝你幸福。"

18

发件人：bluegreen118@gmail.com

收件人：hourtohour.notetonote@gmail.com

日期：12 月 20 日，13：45

主题：老天

雅克：

说了你肯定不相信。

昨天我放学回家，我爸妈居然都在家。我知道这听起来没什么大不了，但你得知道，我妈几乎从不早退，我爸从来不会不打招呼就开车来这里。再说了，他两个礼拜前才刚来过。他们坐在客厅的沙发上，不知道在为什么笑着，可一看到我进来，他们立马就收敛了笑容。

我当时超紧张，雅克。我很肯定我妈把我是同性恋这事告诉我爸了，这可——我不知道该怎么说。反正我们谈了半个钟头，这段时间真的很熬人。然后我妈站起来，说她离开一会儿，让我和我爸爸单独聊聊。她说完就回卧室了。整件事真是太奇怪了。

我爸看起来特别紧张，我也特别紧张。我们聊了几句，我不记得他说了什么，可我意识到，我妈并没有向他透露。突然间，我很想让他知道。我觉得必须在那一刻袒露我的心声。于是，我听他说，等待时机把这件事告诉他，可他就这么一直说呀说，他的话太奇怪了，风马牛不相及，还很无聊。

跟着，突然间，他告诉我，我的继母怀孕了，预产期在六月。

这件事大大地出乎我的意料。我长这么大，一直是家里唯一的孩子。

所以，要是有人能从这件事里找到笑点的话，那就是你了。求你了，或者说点别的，转移我的注意力。你也很擅长这个。

爱你，

小蓝

发件人：hourtohour.notetonote@gmail.com

收件人：bluegreen118@gmail.com

日期：12月20日，18：16

主题：回复：老天

小蓝：

哇哦，我是该恭喜你吗？我不知道。我完全不知道你对此有何感想，可看起来你好像一点也不兴奋。我想换成我也不会。特别是如果我已经习惯了做个独生子。可老爸还是要有性生活，这事儿一向都很恐怖（他给你买了一本该死的卡萨诺瓦写的书？）。呃。

我也很遗憾你准备好再次宣布出柜，却没有机会实践。这真是糟透了。

我试着为你找找笑点吧。便便？便便很有趣，对吗？我猜想小宝宝一定会拉很多便便。我也说不清为什么我觉得这很有趣。便便!!!我是说，我尽力了。

你父母通知你的方式很奇怪，好像他们两个都有份似的。我觉得他是不是想先告诉你妈妈一声？可告诉你时，他觉得很紧张。这就好像他和我们一样大，正要告诉他的父母，他搞大了别人的肚子。这对异性恋而言就跟我们宣布出柜一样紧张。

另外，你不认为所有人都该宣布自己的性取向吗？为什么异性恋就该是正常的？所有人都该宣布性取向，不管是直的，弯的，或是双性恋，都该很尴尬才对。我只是说说而已。

不知道我的话能不能宽慰你。我想我的状态不太好（今天对我来说也是奇怪的一天）。不过我知道我很遗憾你突然受到了这个打击。还有，我很想你。

> 爱你，
> 雅克

发件人：bluegreen118@gmail.com

收件人：hourtohour.notetonote@gmail.com

日期：12月21日，9：37
主题：便便

雅克：

首先，你的邮件让我感觉好了很多。我不知道，可能是因为你说到了便便，卡萨诺瓦，还有你说我爸"搞大了别人的肚子"。糟糕的地方太多了。我想我发现笑点了。我觉得有个还是小胎儿的弟弟或妹妹不是什么坏事。我真的很想知道是男孩还是女孩。我睡了一觉，感觉好多了。而且，和你聊聊这件事，我也舒服了很多。

真遗憾你也过了奇怪的一天。想不想聊聊？

异性恋才正常这个标准的确讨人嫌（同样讨厌的还有白人高人一等），谁不符合这个标准，谁就必须考虑他们的身份。异性恋应该跟同性恋一样，宣布他们的性取向时感到尴尬。尴尬应该成为一项要求。我觉得这有点像我们自创的"同性恋法则"？

爱你，
小蓝

又，顺便说一句，猜猜现在我在吃什么。

发件人：hourtohour.notetonote@gmail.com
收件人：bluegreen118@gmail.com
日期：12月21日，10：11
主题：回复：便便

小蓝：

　　为了你着想，我希望小胎儿是个男孩，毕竟妹妹很麻烦。我很高兴你感觉稍稍好了点。我不知道我是怎么做到的，但我很高兴我帮上了忙。

　　啊，不用担心我这奇怪的一天了。有人冲我发火，而且很难解释清楚，但那只是个愚蠢的误会而已。随便吧。

　　"同性恋法则"？我不知道。我觉得更像是"人类恋爱法则"[1]。这才是重点，对不对？

爱你，

雅克

又，你引起了我的好奇心。香蕉？热狗？黄瓜？:-)

发件人：bluegreen118@gmail.com

收件人：hourtohour.notetonote@gmail.com

日期：12月21日，10：24

主题：人类恋爱法则

雅克：

　　我喜欢这个说法。

爱你，

1　同性恋的英文是 Homosexual，与智人的英文 Homo Sapiens 相像。智人即人类。西蒙在这里玩了个小小的文字游戏。

小蓝

又，别想歪了，雅克。

又又，更像是个巨大的法棍面包。

又又又，你猜错了。是奥利奥饼干，为你而吃。

发件人：hourtohour.notetonote@gmail.com

收件人：bluegreen118@gmail.com

日期：12月21日，10：30

主题：回复：人类恋爱法则

小蓝：

真开心你拿奥利奥饼干当早餐。我喜欢你那个巨大的法棍面包。

我有件事要对你说。我打出了下面这句话，然后删掉，还试图想出更好的措辞方式。我不知道。我只是想说：我很想知道你是谁。

我觉得我们应该见一面。

爱你，
雅克

19

今天是圣诞前夜，感觉很不对劲。

不是糟糕，只是不对劲。我不知道该怎么解释。我们遵循了斯皮尔家的每一项传统。我妈妈做了"驯鹿粪便"——又叫奥利奥松露巧克力。圣诞树挂满了彩灯和装饰品。我们唱了动画片《鼠来宝》的歌。

现在是中午，我们依旧穿着睡衣，大家都坐在客厅，每个人抱着一台笔记本电脑。我们有五台电脑，这事儿还真是有点夸张，毕竟荫溪大道只是郊区。我们在"脸书"上玩寻人游戏。

"说呀，爸爸。"爱丽丝说。

"好吧。"他说，"有人去了热带地区。"

"明白了。"我妈说着把她的笔记本电脑转过来，给我们看里面的图片。"好，结束。"

我们只顾着翻找新闻，好几分钟都没说话。最后，诺拉找到了一条。"安布尔·沃瑟曼。"她读道，"我以前觉得我很了解你。现在看起来好像我错了。总有一天，你会回头，意识到你丢弃了什么。"

"我觉得这只是暗示分手而已。"我说。

"这就是分手。"

"你可以从字面上来解读。"我说，"听起来好像是因为他把她的苹果手机扔掉了，她就冲他嚷嚷。"

"这是西蒙式的逻辑。"爱丽丝说，"我不吃这一套。来吧，该你了。"

我爸爸发明了西蒙式逻辑这个概念，我似乎再怎么长大也无法摆脱这个概念。这个词的意思是一厢情愿的想法加上站不住脚的证据。

"好吧。"诺拉说，"来个正好相反的，一对腻歪到让人恶心的夫妻。"

对诺拉而言，这是个有趣的选择，毕竟她基本上从不会提起关于约会的事。

"找到了。"我说，"卡瑞斯·苏华德。我感激上苍，让贾克森·维尔斯特恩走进我的生活。昨晚太完美了。我爱你，宝贝。眨眼表情。"

"恶心。"诺拉说。

"这是不是你的卡瑞斯，老弟？"

"我才没有卡瑞斯。"我说。可我知道爱丽丝问的是什么。我去年春天和卡瑞斯约会了将近四个月。不过我们在一起的夜晚可算不上完美。

有一点很疯狂：这是我第一次几乎明白了其中的意思。那个帖子奇怪、恶心，而且那个毛骨悚然的眨眼表情显然信息量很大。但是，或许我有点失去理智了，我满脑子想的都是为什么在最近的邮件里，小蓝都会在末尾加上"爱你的"几个字。

我觉得我能想象到我们有时候会度过完美的夜晚。我可能还想要大秀恩爱。

我刷新浏览器。"轮到我了。好吧，犹太人。"我说，"发关于圣诞节的帖子。"

我的电邮男友，犹太教兼美国圣公会的后代。我真想知道他此时此刻在做什么。

"尼克为什么从来不发帖子？"诺拉问。

因为他觉得"脸书"是社会交谈能力的最小公分母。不过他很喜欢说社交传媒是构筑和实行身份的工具。谁知道这是什么意思呢。

"找到了。亚娜·戈德斯坦。一只手拿着电影院影片单；另一只手拿着外卖菜单。为明天做好准备。祝犹太人圣诞快乐。"

"亚娜·戈德斯坦是谁？"我妈妈问。

"一个卫斯理公会教徒。"爱丽丝说，"好吧，找律师。"她的思想很不集中，我这才意识到她的手机在震动。"抱歉，我马上回来。"

"律师？你搞什么鬼，爱丽丝？"诺拉说，"这明显是偏向老爸呀。"

"我知道，我可怜他呢。"爱丽丝回头喊道，然后消失在楼梯上，"喂。"她接听了电话。片刻之后，我们听到她关闭卧室门的声音。

"找到了。"我爸咧开嘴笑了。他在这个游戏中战绩很烂，因为他在"脸书"上一共才有十二个好友，"鲍勃·莱普英斯基。祝你和你的家人节日快乐，来自莱普英斯基和威利斯律师事务所。"

"找得不错。"诺拉说。她看着我。"她在和谁打电话？"

"我知道才怪。"我说。

爱丽丝打电话打了两个钟头。这可是前所未见的事。

寻人游戏半途而废。诺拉拿着她的笔记本电脑蜷缩在沙发上，爸妈回了房间。我甚至都不愿意去想他们在房里做什么。有了小蓝的老爸和他继母那档子事，我真的不愿意去想。比伯在玄关那里呜呜叫。

我的手机震动了一下，是利亚发来的短信：我们在你家门外。利亚不喜欢敲门。我想她是在家长面前很不自在。

我过去开门让她进来，却发现比伯用后腿站立，正透过窗户与她打招呼。

"趴下。"我说，"听话，小比。"我抓住它的颈圈，然后把门打开。外面很冷，但阳光明媚，利亚戴着黑色羊毛帽和毛绒耳套，尼克有点尴尬地站在她后面。

"嗨。"我说着把比伯拉到一边，让他们从它边上走过去。

"我们就是想出去走走。"利亚说。

我看着她。她的语气有点怪。"好呀。"我说，"我去换衣服。"我还穿着那条金毛犬睡裤。

五分钟后，我穿上了牛仔裤和连帽衫，给比伯戴上狗链，我们便出门了。

"你们只是想走走吗？"我终于还是问道。

他们看看彼此。"是呀。"尼克说。

我扬起眉毛看着他，等着看他会不会说些什么，可他避开了我的目光。

"你还好吗，西蒙？"利亚轻声问，语气很奇怪。

我猛地站住。我们这会儿尚未走出车道。"怎么了？"

"没什么。"她摆弄着从帽子上垂下来的毛线球。尼克看着公路。

135

"就是来看看你想不想找人聊聊。"

"聊什么?"我问。比伯走到利亚身边,坐在地上,用祈求的目光仰头注视着她。

"你这么看着我做什么,宝贝?"她一边揉搓它的耳朵,一边问,"我没带饼干。"

"你们想谈什么?"我又问。这会儿我们不走了,只是站在马路边上,我的两只脚不停地倒换着。

利亚和尼克又对视一眼,我忽然心中一动。

"噢,老天。你们两个谈恋爱了。"

"什么?"利亚说,她的脸立马通红,"才没有!"

我的目光从利亚身上转移到尼克身上,又回到利亚身上。"你们没有⋯⋯"

"西蒙,行啦,别说了。"利亚并没有看尼克。事实上,她一直俯身,把脸贴在比伯的鼻子上。

"好吧,那你们到底想说什么?"我问,"到底怎么了?"

"呃⋯⋯"尼克说。

利亚站直身体。"好吧,我要走了。圣诞快乐,伙计们。光明节快乐。"她冲我微微一点头。跟着,她又俯下身,让我的狗亲吻她的嘴唇。然后她就走了。

我和尼克默默地站在那里。他用拇指轻轻碰了碰每根手指的指尖。

"光明节都过去了。"他终于说道。

"怎么了,尼克?"

"听着,别管这事了。"他叹了口气,望着街上利亚越走越远的身影，"她的车停在我家门口。我看还是让她先走一会儿，不然好像我在跟踪她。"

"进屋待会儿吧。"我说，"我爸爸不会介意的。爱丽丝在家。"

"是吗？"他说着回头看了一眼我家，"我不知道。我只是要……"他扭头看着我，脸上露出了一个表情。我自打四岁开始就认识尼克了。但我从未见过这样的表情。

"听着。"他一把拉住我的手臂。我低头看着他的手。尼克从未与我有过这样的身体接触。"圣诞快乐，西蒙。我真心祝福你。"

然后他抽回手，与我挥手道别，沿路走了。

按照我奶奶的逻辑，斯皮尔家的传统是圣诞前夜的大餐要吃法式吐司：做好的厚白面包片放上一天，这样利于鸡蛋的吸收，在煎锅里放大量黄油煎面包，煎的时候还要用锅盖盖住一部分锅。我奶奶做的时候，会不停地移动盖子，翻动面包（她是那种酷爆了的奶奶）。我爸做的法式吐司没有一次吃起来像蛋奶糕，但味道还不错。

我们在真正的餐桌上吃了法式吐司，用的是我爸妈结婚时用的瓷餐具，我妈拿出一个桌面摆饰，如果在下面点上蜡烛，它就会像电扇一样旋转。这真的很有催眠效果。爱丽丝把灯光调暗，我妈铺开布质餐巾，一切都显得别致梦幻。

但有件事很怪。那就是感觉一点也不像平安夜。就是少了那么一点火花，我也说不清那是什么。

我有这种感觉已经一整个礼拜了，但我始终没想明白。我不知道为什么会感觉今年一切都很不一样。也许是因为爱丽丝走了。也可能是因为我无时无刻不在想着那个不想见我的男孩。他说他还没准备好见我。可他在给我的邮件里会写"爱你的"。我不知道，我真不知道。

在这一刻，我只希望圣诞节的氛围能重新出现。我希望能有从前的感觉。

吃完饭后，我的父母放了《真爱至上》，坐在双人沙发上，比伯坐在他们中间。爱丽丝又去打电话了。我和诺拉在沙发两端坐了一会儿，我注视着圣诞树彩灯。要是我眯起眼，眼前的光就会变得模模糊糊，我几乎可以找回记忆中的那种感觉了。可这没有意义。于是我走回卧室，仰面躺在床上，随机播放了音乐。

三首歌过后，我听到了敲门声。

"西蒙?"是诺拉。

"什么事?"

"我进来啦。"

我把手肘撑在枕头上，支起身体，轻轻地瞪了她一眼。可她还是走了进来，把我的背包从椅子上推开，随即坐下，把两条腿抱在胸前，用手臂圈住膝盖。"嗨。"她说。

"什么事?"我说。

她透过眼镜看着我——她已经把隐形眼镜摘了，乱糟糟的头发向后梳，换上了一件印有"卫斯理公会教派"几个字的T恤衫，她现在越来越像爱丽丝了，真是不可思议。

"我有东西给你看。"她说。她把椅子一转，面冲我的书桌，还打开了我的笔记本电脑。

"你是在和我开玩笑吗?"我一下子跳起来。她真觉得我会把笔记本电脑的开机密码告诉她。

"那好吧，你自己开。"她拔掉电源线插头，坐在椅子上滑到床边，把笔记本电脑递给我。

"你要我看什么？"

她抿着嘴，又看看我。"打开轻博客。"

"看……小溪秘密论坛？"

她点点头。

我收藏了网址。"正在打开。"我说，"好啦，我按你说的做了。到底出什么事了？"

"我能和你坐在一起吗？"她问。

我抬头看着她。"坐床上？"

"是的。"

"好吧。"

她爬到床上，坐在我身边，看着屏幕。"往下拉。"

我往下拉。跟着，我停住了。

诺拉扭头看着我。

他妈的。

"你还好吗？"她柔声问，"我很抱歉，西蒙。我觉得你或许想知道。我觉得不是你写的。"

我缓缓地摇摇头。"不是我写的。"我说。

12 月 24 日，10：15

西蒙·斯皮尔向所有帅哥发出邀请

139

溪林高中的所有帅哥们：

我在此宣布，我是一个同性恋，现在公开交友。有兴趣的人可以直接与我联系，讨论一下安排约会，我们可以肛交爆菊，口交也行。但不要只是给我小蓝球[1]。女士勿扰。就这样。

"我已经举报了。"诺拉说，"他们会把帖子删除的。"

"可大家都看到了。"

"我不知道。"有那么一会儿，她没说话，"谁会发这种帖子？"

"一个不知道'肛交爆菊'是重复用词的人。"

"这个大混蛋。"她说。

我是说，我知道是谁发的帖子。我想我真该感激他，还要感激他没发截图。可说老实话，他还是影射了小蓝，所以，他就是这世上最无耻的浑蛋。

老天，要是小蓝看到了会怎么样？

我"砰"一声合上笔记本电脑，用力放在椅子上。我把头靠在后面，诺拉靠在床头板上。时间过去了好几分钟。

"是真的。"我终于说道。我没看她。我们两个都盯着天花板。"我是同性恋。"

"我猜到了。"她说。

我连忙看着她。"真的？"

"从你的反应推测出来的。我不知道。"她眨眨眼，"你现在要怎

1　blue ball，指有性病的男人，也指性欲被激起但得不到发泄。此处语义双关。

么处理这件事？"

"等他们把帖子删了。我能怎么办？"

"但你会去告诉别人吗？"

"我想尼克和利亚已经看到了。"我缓缓地说。

诺拉耸耸肩。"你可以不承认呀。"

"我不会否认的。我不觉得这很丢脸。"

"那好吧。我不知道。在此之前你从未提过这件事。"

老天。是这样吗？

我坐起来。"你说什么？"

"对不起！老天，西蒙。我只是……"她看着我，"我是说，这显然不是见不得人的事。你知道的，对吧？我觉得大部分人都会认为这没什么大不了的。"

"我不知道人们会怎么想。"

她一时间没说话。"你会告诉爸爸妈妈，还有爱丽丝吗？"

"我不知道。"我叹了口气，"我不知道。"

"你的电话一直在震。"诺拉说。她把手机递给我。

我收到了五条艾比发来的短信。

西蒙，你还好吗？

方便的时候给我打电话，好吗？

好吧。我不知道该怎么说，不过你还是上轻博客看一下吧。我爱你。

我要告诉你，我没有对任何人说过那件事。我不会对任何人说。我爱你。

给我打电话?

圣诞节到了。因为贪心,每年我凌晨四点就起床,计划周密,去寻找圣诞礼物的线索,毫无疑问,我真的是一丝不苟,但这都是徒劳。圣诞老人是个忍者,他总是带给我惊喜。

似乎今天我得到了一个相当震撼的圣诞惊喜。马丁,也祝你一切顺利。

早上七点半,我下楼,心里一团乱麻。灯依然关着,但清晨的阳光透过客厅的窗户照射进来,屋里很亮,圣诞树的彩灯也都开着。五只装满礼物的袜子斜靠在沙发垫子上,礼物太重了,所以不能靠在壁炉架上。唯一醒着的就是比伯了。我带它出去撒了尿,喂它吃了早餐。跟着,我们一起躺在沙发上等待着。

我知道小蓝这会儿和他妈妈、舅舅和表亲在教堂,他们昨天晚上也去了教堂。他在过去两天里待在教堂的时间比我长这么大待在教堂的时间还要多。

真有意思,我从来不觉得这是什么大事。但此时我宁愿去教堂,也不愿意留在这里,做我将要做的事。

到了九点,大家都醒了,我们做了咖啡,早餐吃的是饼干。爱丽丝和诺拉都在玩手机。我给自己倒了杯咖啡,加了很多糖。我妈妈看着我搅拌。

"我不知道你还喝咖啡。"

啊,是呀。她每次都是这样。他们两个都这样。他们觉得我在一个盒子里，每次我把盒盖顶开，他们就会把盖子压回去。绝对不允许我出现任何改变。

"我喝的。"

"好吧。"她说着举起两只手，像是在说"哇，很好，小西。你和以前不一样了。我正在尝试跟上你的节奏"。

要是她认为我喝咖啡是条重大新闻，那今天早晨她一定会在水深火热中度过。

我们把注意力放到那一堆礼物上。小蓝和我说起过，在他家，礼物都是一口气拆开的，所有表兄弟姐妹和其他人都坐在那儿，看着彼此拆礼物。拆过几轮之后，他们就停下来歇会儿，吃午饭什么的。他们真是文明人。而且，他们要用一整个下午来整理圣诞树。

斯皮尔家可不是这样。爱丽丝蹲伏在圣诞树下面，把袋子呀盒子呀摆成一排，大家开始七嘴八舌地说了起来。

"是电子书阅读器？我可没有——"

"打开另一个，宝贝。"

"嘿，是奥罗拉咖啡！"

"不，反过来穿。在卫斯理大学，人人都穿这些。"

在整整二十分钟里，客厅里包装纸乱飞。我坐在地板上，靠在沙发前面，把我的新耳机线缠在手指上。比伯抓着一个蝴蝶结，又是咬又是扯，所有人都瘫坐在不同的家具上。

很明显，这是我的时刻。

不过，如果这一刻真的属于我，那什么事都不会发生。我是说，不是现在。还没到时候。

"我有事对你们说。"我尽量用随意的语气说，可我的声音有些沙哑。诺拉看着我，冲我微微一笑，我的心里一阵翻腾。

"什么事？"我妈坐直身体说。

我不知道别人都是怎么做的，小蓝是怎么做的。只要五个字。说出那该死的五个字后，我就不再是原来的西蒙了。我用手捂住嘴，直勾勾地看着前方。

真不明白我以前为什么会以为这事很简单。

"我知道你想说什么。"我爸说，"我来猜猜看。你是同性恋？你把别人的肚子搞大了？你怀孕了？"

"爸爸，住嘴。"爱丽丝说。

我闭上眼睛。

"我怀孕了。"我说。

"我也这么觉得，孩子。"我爸说，"你的脸红了。"

我注视着他的眼睛。"不过说真的，我是同性恋。"

五个字。

有那么一会儿，大家都没说话。

跟着，我妈妈说："亲爱的，这可真是……老天，那个……谢谢你告诉我们。"

爱丽丝说："喔，老弟。真是了不起。"

我爸说："同性恋，啊？"

我妈说："那就跟我们说说吧。"这是她最喜欢的心理学家台词。我看着她，耸耸肩。

"我们为你骄傲。"她又说。

跟着，我爸爸笑着说："是谁干的？"

"干什么？"

"让你不喜欢女人呀。是眉毛很好看，涂了眼影，还长着龅牙的那个？"

"爸爸，你说话真难听。"爱丽丝说。

"什么？我只是在活跃气氛而已。西蒙知道我们爱他。"

"你这是异性恋者对同性恋者的歧视，根本没有活跃气氛。"

我是说，我早料到事情会这样。我妈问我有什么感觉，我爸开玩笑，爱丽丝上纲上线，诺拉一言不发。你可以说早有预见就像吃了颗定心丸，我家里人的反应还真是好猜。

但此时此刻，我很累，也很不开心。我觉得就好像压在肩头的重担没了。可这与这个礼拜的其他事一样。奇怪，失衡，显得很不真实。

"这还真是个大新闻，老弟。"爱丽丝一边说，一边跟着我走进我的房间。她关上门，盘腿坐在我的床上。

"嗯。"我说。我面朝下扑倒在床上，把脸埋在枕头里。

"喂。"她侧过身，直到身体与我平行，"没事的，没什么可无精打采的。"

我没理她。

"我不会走的，老弟。因为你看起来像是要哭了。放你那张合辑吧。叫什么来着？"

"《经济大萧条》。"我喃喃地说。里面有艾略特·史密斯、尼克·德雷克和史密斯乐团的歌。我把这些歌都拷贝到了一起。

"对。"她说，"就是《经济大萧条》。"

"你到底来做什么?"

"因为我是你大姐，而你需要我。"

"我想一个人待会儿。"

"不行。和我聊聊吧，老弟!"她说。她向我这边挪了挪，夹在我的身体和墙壁之间，"真是太棒了，我们可以一起聊聊男人。"

"好吧。"我说着坐起来，"那就说说你的男朋友。"

"哇。"她说，"什么?"

我看着她。"电话呀。你一到房间打电话就打几个钟头。来吧，说说吧。"

"我觉得我们是在谈论你的感情生活。"她的脸红了。

"所以，我在这该死的圣诞节上宣布出柜，看着大家在我面前尴尬地讨论整件事。"我说，"而你甚至都不愿意告诉我你有男朋友了?"

她沉默了一会儿，我知道我戳中了她的痛处。她叹了口气。"你怎么知道我有的不是女朋友?"

"是女朋友?"

"不是。"她终于靠在墙上说，"男朋友。"

"叫什么名字?"

"西奥。"

"他上'脸书'?"

"是的。"

我打开手机的 app，翻找她的好友列表。

"噢，老天，住手。"她说，"西蒙，我说真的，住手。"

"为什么?"我问。

"因为这就是我不告诉你们的原因。我知道你们肯定会这样。"

"会怎样?"

"问这问那呀,到网上找他的信息呀,批评他不喜欢吃馅饼,脸上的毛发比较浓呀。"

"他脸上的毛发比较浓?"

"西蒙。"

"对不起。"我说着把手机放在床头柜上。我明白了,真的明白了。

我们沉默了一会儿。

"我会告诉他们的。"她终于说道。

"你想怎么做就怎么做吧。"

"不,你是对的。我并没有尝试,我不知道。"她又叹了口气,"我是说,如果你有勇气告诉他们你是同性恋,那我就应该……"

"你就应该有勇气宣布你是个直女。"

她咧开嘴笑了。"差不多吧。你真幽默,老弟。"

"我尽力啦。"

20

发件人：hourtohour.notetonote@gmail.com

收件人：bluegreen118@gmail.com

日期：12 月 25 日，17：12

主题：噩梦

小蓝：

我度过了一个最奇怪、最恐怖的圣诞节，我甚至都没法给你讲其中的大部分细节。因为简直是糟透了。大致来说，就是因为一些莫名其妙的情况，我已经向全家人宣布了出柜，并且很快就要向全世界宣布出柜了。我想我能说的只有这个了。

现在轮到你为我分散注意力了。说说小胎儿现在怎么样了，或者说说你觉得我哪里可爱，再说说你吃了太多火鸡肉，现在感觉很恶心。你知道吗，只有你一个人会用到"nauseated"（意为恶心、作呕）这个词，而不是"nauseous"（意为恶心、作呕）？我还去谷歌上查了，当然你是对的。当然。

不管怎么说，我知道你明天要去萨凡纳了，但愿你爸家里能上网，因为要是一个星期后才能收到你的电子邮件，我的心脏肯定受不了。你应该把你的手机号给我，那样我就可以给你发短信了。我保证我发短信的时候依然会做到语法相对准确。

圣诞快乐，小蓝。我是说真的。我希望今天晚上你能一个人清静清静，因为听起来你和家人待在一起的时间够多了。也许明年我们可以偷偷溜出去，找个连家人都找不到我们的僻静地方，一起过圣诞。

爱你，

雅克

发件人：bluegreen118@gmail.com

收件人：hourtohour.notetonote@gmail.com

日期：12 月 25 日，20：41

主题：回复：噩梦

雅克：

我很遗憾，我甚至都无法想象发生了什么样莫名其妙的情况，逼得你向全世界宣布出柜，但听起来不像什么愉快的事，我知道这违背了你的意愿。我希望我能帮你解决。

小胎儿没什么消息，不过你说的那些我觉得很有意思。我真觉得你很可爱，你有种古怪的可爱。我想我花了太多时间思考电邮中的你是多么可爱，并把那个你转化成脑海里的形象，用来做白日梦之类的。

至于短信嘛，啊，我不知道。不过你不用担心我出城的事儿，萨凡纳的网络还不错。你甚至都觉察不出我走了。

爱你，

小蓝

发件人：hourtohour.notetonote@gmail.com

收件人：bluegreen118@gmail.com

日期：12 月 26 日，13：12

主题：白日梦……之类的

这个"之类的"，是什么意思？请具体说明。

爱你，

雅克

又，我真的很想知道"之类的"表示什么？

发件人：bluegreen118@gmail.com

收件人：hourtohour.notetonote@gmail.com

日期：12 月 26 日，22：42

主题：回复：白日梦……之类的

那个……我想我现在要住口了，雅克。

爱你，

小蓝

21

今天是圣诞节过后的第一个周六,华夫餐馆坐满了老人和孩子,还有几个男人坐在柜台边,看印刷报纸。人们都喜欢来这里吃早餐。我是说,我觉得严格来讲,这里其实是一家早餐餐馆。我们的父母还在睡觉,所以只有我和我的姐妹来,这会儿,我们靠在墙上等桌位。

我们已经等了二十分钟了,各自在玩着手机。这时,爱丽丝突然说,"嗨"。她看着坐在餐馆另一边一个小隔间里的男人说。那人抬起头,笑了笑,向她挥了挥手。他留着一头棕色卷发,瘦高个,看起来很眼熟。

"那人是……?"

"西蒙,不会吧。他叫卡特·艾迪森,他比我早一年毕业,是个很不错的人。事实上,老弟,或许你应该和他聊聊,因为——"

"我要走了。"我说。因为我终于弄明白为什么卡特·艾迪森看起来眼熟了。

"什么?为什么?"

"因为我要走了。"我摊开手掌,让她把车钥匙交到我手上。跟着我便走出了餐馆大门。

我坐在驾驶座上,插好iPod,打开暖风,不知道是该选泰根和莎拉姐妹乐团,还是狐狸舰队乐队。这时候车门开了,诺拉坐了进来。

"你怎么啦?"她问。

"没什么。"

"你认识那个人?"

"哪个人?"我问。

"和爱丽丝说话的那个。"

"不认识。"

诺拉看着我。"那为什么你一看到他就跑?"

我向后靠在枕靠上,闭上眼睛。"我认识他弟弟。"

"他弟弟是谁?"

"你知道小溪秘密论坛的那个帖子吧?"我问。

诺拉瞪大眼睛。"就是那个写了……?"

"对。"

"他为什么要发那样的帖子?"

我耸耸肩。"他喜欢艾比,而且他是个该死的大傻瓜,以为她喜欢我。我甚至都不知道结果会这样。说来话长了。"

"大混蛋。"她说。

"是呀。"我看着她说。诺拉从不骂人。

这时突然传来"咚"的一声响,我吓了一大跳,连忙扭过头,只见爱丽丝把脸贴在我这边的车窗上,一脸不高兴。

153

"下来。"她说，"我来开车。"

我坐到后座上。随便吧。

"到底是怎么了？"她问，在把车倒出停车位的时候从后视镜看了我一眼。

"我不想说。"

"那好吧。向卡特解释为什么我的弟弟妹妹一看到他就跑，感觉怪怪的。"她把车开上罗斯威尔路。"他弟弟也在那里，老弟。他和你同一年级，叫马迪。看起来是个不错的孩子。"

我什么都没说。

"我今天真的很想吃华夫饼。"她没好气地说。

"走吧，爱丽。"诺拉说。

气氛有点僵。另一件诺拉从来不会做的事就是顶撞爱丽丝。

我们默默地开回了家。

"西蒙，地下室的冰箱，别给我说'等会儿'，一会儿也不行，现在就去。"我妈说，"不然派对就办不成了。"

"妈妈，别说了，我一直没闲着。"我说真的。我真不明白她为什么会觉得这是个派对，"你该知道，尼克、利亚和艾比都来过无数次了。"

"那很好。"她说，"可这一次你得把地下室布置得能拿得出手，不然的话，你就坐在沙发上，夹在我和你爸两个人之间，迎接新年吧。"

"那我们可以去尼克家。"我小声说。

妈妈这会儿上楼梯上到一半，转过头来，看着我的眼睛。"那可

154

不行。说到尼克，我和你爸爸商量过这个问题，我们都想和你坐下来，好好想想他怎么在这里过夜。我并不担心今晚，毕竟还有女孩子在场，可想到以后……"

"噢，天呐，妈妈，别说了。我现在可没心情谈这个。"老天，说得好像只要我和尼克共处一室，就会在一起胡搞。

大家六点左右来到我家，我们一起挤在地下室的破烂沙发上吃比萨，看脱口秀。我家的地下室有点像时间胶囊，铺着粗糙的驼色地毯，架子上摆着芭比娃娃、恐龙战队和神奇宝贝。地下室还有个厕所，一个小洗衣房里放着一台冰箱。这里真的非常舒适，真的是超赞。

利亚坐在沙发一端，我挨着她，我的另一边是艾比，而尼克坐在沙发另一端，一直在弹诺拉的旧吉他。比伯在楼梯上低鸣着，我们上方不时有脚步声响起，艾比正在给我们讲泰勒的一件事。显然泰勒说了什么讨人嫌的话。我尽量在适当的时候笑几声。我想我有点过度反应了。利亚一直在看电视。

吃完了比萨，我跑去给比伯开门，它差点从楼梯上滚下来。跟着，它就像颗炮弹一样，冲进地下室。

尼克调小电视的声音，开始弹唱《褐眼女孩》，只是他弹得很缓慢，不像电子乐版的。我们上面的脚步声停止了，我能听到有人在说，"哇，真好听。"是诺拉的一个朋友。尼克的歌声对高一的女孩子来说充满了魔力。

尼克坐在沙发上，与艾比靠得非常近，我觉得我能感觉到利亚有些惊慌。我和她这会儿都坐在地上，揉搓着比伯的肚子。她一句话都没说。

"瞧瞧这只狗。"我说,"一点也不知羞。它明摆着就在说,'摸我吧'。"

我感到一股奇怪的压力,所以不得不表现出高兴和健谈的样子。

利亚抚摸着比伯肚子上的卷毛,没有任何反应。

"它的嘴跟可乐瓶子好像。"我指了指说。

她看着我。"我觉得一点都不像。"

"不像吗?"我说。有时候我都忘了斯皮尔家的创造力,也忘了什么才是真实的。

跟着,她连语调都没变,就突然说道:"他们把那个帖子删了。"

"我知道。"我说,心里不由得紧张起来。我并没有和尼克、利亚说起过轻博客上那个帖子的事,但我知道他们已经看过了。

"不过我们没必要说这事。"利亚道。

"不要紧。"我看了一眼沙发。艾比靠在垫子上,闭着眼睛,嘴角挂着笑容。她的头偏向尼克。

"你知道是谁写的吗?"利亚问。

"知道。"

她充满期待地看着我。

"算了。"我说。

有那么一会儿,我们都没说话。尼克不再弹吉他,但他在哼歌,还在吉他的木琴身上敲打出节奏。利亚用手指缠绕头发,过了一会儿,又松开头发,落下来的头发正好垂在她的胸口。我看着她,但没有与她有眼神接触。

"我知道你们想问却没问的问题。"我终于说道。

她耸耸肩，轻轻地笑了。

"我是同性恋，那是真的。"

"很好。"她说。

我意识到尼克不再哼唱了。

"但我不想把这事变成今晚的主旋律，好吗？你们想吃冰激凌吗？"我站起来。

"你刚才是在宣布你是同性恋？"尼克问。

"是。"

"好吧。"他说。艾比狠狠打了他一下。"怎么了？"

"'好吧'？你要说的就是这个？"

"他都说了不要小题大做。"尼克说，"我应该怎么说？"

"说些支持他的话呀。要不就跟我一样，握住他的手。随便什么都行。"

我和尼克看着对方。

"我不要握你的手。"我微笑着告诉尼克。

"那好吧。"他点点头，"但你要知道，我愿意握你的手。"

"啊，这样就好多了。"艾比说。

利亚一直很安静，可她突然扭头看着艾比，"西蒙早就对你说了？"

"嗯，是的。"艾比说着飞快地瞟了我一眼。

"噢。"利亚说。

地下室陷入了沉默。

"我去拿冰激凌。"我说着向楼梯走去，比伯撒了欢地跟过来，都撞到了我的腿上。

几个小时后，冰激凌吃光了，跨年结束，我的邻居们终于放完了烟火。我盯着天花板。在黑暗中，天花板的纹理看起来好像影影绰绰的图画和一张张脸。大家都带来了睡袋，却都没用，反而把毯子、床单和枕头都放在地毯上，几个人挤作一团。

　　艾比在我身边睡着了，我能听到尼克在几英尺远之外打呼噜。利亚闭着眼，可看她的呼吸，好像她并没有睡着。我觉得不应该推她，看她是不是醒着。然而，忽然之间，她一翻身侧过身体，叹了口气，猛地张开眼睛。

　　"嗨。"我悄声说，扭过身体面对她。

　　"嗨。"

　　"你生气啦?"

　　"气什么?"她问。

　　"气我先告诉了艾比。"

　　她有几秒钟没说话，跟着说:"我没资格生气。"

　　"你说什么?"

　　"这是你的事，西蒙。"

　　"但你有权利生气。"我说。如果说我从我那心理学家的母亲那儿学到些什么，那就是这件事了。

　　"这与我无关。"她仰面躺下，将一只手臂枕在脑袋下面。

　　我不知道该怎么接下去，我们都沉默了一分钟。

　　"别生气了。"我终于还是说道。

　　"你觉得我会有招人讨厌的反应，还是我不接受这件事?"

　　"当然不是。老天，利亚，不是的。我没有这么想。我是说，我从来都不担心你的反应。"

"好吧。"她把另一只手放在肚子上，我看着她的手随着呼吸起伏。"你还告诉过别人吗?"

"我的家人。"我说，"诺拉看到了那个帖子，所以我只能这么做。"

"哦，但我是说，除了你的家人和艾比，你还告诉过别的人吗?"

"没了。"我说。可跟着，我闭上眼睛，想到了小蓝。

"那轻博客上的帖子是怎么回事?"她问。

"嗯。"我咧开嘴一笑，"说来话长了。"我说着又张开眼睛。

她向我歪过头，但没有说话。我能感觉到她在看着我。

"我想我要睡觉了。"我说。

其实我不想睡觉，我也睡不着。一连好几个钟头，我都毫无睡意。

22

发件人：bluegreen118@gmail.com

收件人：hourtohour.notetonote@gmail.com

日期：1月1日，13：19

主题：回复：忆往时

雅克：

可怜的僵尸。希望在我写这封邮件时你已经睡着了。我有个好消息，那就是假期还剩下四天，显然你应该用这段时间来睡觉和给我写邮件，只能做这两件事。

昨天晚上我很想你。派对还不错，是在我继母的奶奶家举行的。她大概九十岁了。晚上九点，我们回到家，坐在电视机前。噢，我继母吃饭时还拿出胎儿的超声波照片给我们看。我们的小胎儿有一颗大脑袋，四肢小小的，活像个可爱的外星人。能清楚地看到他（或她）的鼻子，真是太酷了。不过，不幸的是，我继母又给我们看了一张

3D 超声波照片。我只能说，雅克，总有那么一些东西是你希望从未看过的。

开学前你有什么计划吗？

爱你，

小蓝

发件人：hourtohour.notetonote@gmail.com

收件人：bluegreen118@gmail.com

日期：1 月 1 日，17：31

主题：回复：忆往时

说我是僵尸还真对。我现在就跟行尸走肉似的。我们刚从商店回来，在回来的路上，我在车里睡着了。谢天谢地，开车的是我妈妈。你要知道，商店距离我家也就五分钟的车程。挺奇怪吧？所以现在我感觉怪怪的，头昏眼花，晕晕乎乎，我想我爸妈希望今天晚上搞一次家庭聚餐。

呃……很遗憾听到 3D 超声波照片给你留下了心理阴影，你真好，没给我讲细节。不幸的是，我就是个大傻瓜，一丁点自控能力都没有，所以去谷歌图片搜索了。现在那种图像就刻在了我的脑海里，永远都没法除去了。噢，生命的奇迹啊。你或许想去查查看"再生娃娃"是什么样子，去查一下看看吧。

这个周末，这里没发生什么新鲜事，只是我见到的每一样东西都让我想起你。商店里到处都是你的影子。你知道吗，他们做了一种巨大的记号笔，取名叫超级记号笔？还有一种超强力胶水。听上去就好像办公用品正义联盟。我只差一点点就买下它们了，这样我就能用短信发图片给你，让你看看它们是如何打击罪恶的。我还会为它们做披风。除非有人不愿意交换手机号码。

爱你，

雅克

发件人：bluegreen118@gmail.com

收件人：hourtohour.notetonote@gmail.com

日期：1月2日，10：13

主题：再生

你太让我无语了。我看了维基百科上的文章，也情不自禁地去看了那些图片。你大概是找到了互联网上最叫人毛骨悚然的东西了，雅克。

看到你说的打击罪恶的办公用品正义联盟，我都笑出声了。真希望我能看看它们。但说到发短信——我只能说我很抱歉。交换手机号码的主意真的吓到我了。那样的话，你就能给我打电话，听到我的语音信箱，知道我是谁了。这是真话。我不知道该怎么说，雅克。我只是还没准备好向你袒露我的身份。我知道这很蠢，但老实讲，现在我会用大约一半的清醒时间来想象我们第一次见面的情形。但我不知道要怎么做到，可以在见面的同时又保持一切不变。我想我是太害怕失去你了。

你明白我的意思吗？不要恨我。

爱你，

小蓝

发件人：hourtohour.notetonote@gmail.com

收件人：bluegreen118@gmail.com

日期：1月2日，00：25

主题：回复：再生

你必须相信我！没错，我这人很八卦，但只要你不喜欢，我是不会给你打电话的。我并不想把事情弄大，而且我也不愿意停止发邮件。我只是很想能像正常人那样给你发短信。

是，我很想见面。显然这一定会改变一些事情，但我想我已经准备好接受这些改变了。所以，这也许的确是件大事。我想知道你的朋友叫什么名字，你放学后会做些什么，还想知道所有那些你没告诉过我的事。我想听听你的声音。

不过，我会等你准备好的。我永远都不会恨你，你也不会失去我。答应我好好考虑一下，好吗？

爱你，

雅克

23

今天是放假后第一天上学，我在认真地考虑是不是在停车场里待一天算了。我说不清楚。我觉得我能面对。可现在我来到这里，似乎连车都下不了。一想到轻博客那件事，我就感觉有点恶心。

诺拉说："我真觉得不会有人记得那件事。"

我耸耸肩。

"帖子在网上只有三天吧？而且一个多礼拜前就删除了。"

"四天。"我说。

"我甚至都觉得人们不会上轻博客。"

我们一块走到大厅的时候，正好第一节课的铃声响了。学生们快步走下楼梯。似乎没人特别注意我，而且，尽管诺拉刚才信誓旦旦，可我看到她和我一样松了口气。我随着人流向衣帽箱走去，我想我终于可以开始放松一下了。几个人像往常一样冲我挥手。和我坐同一张午餐桌的加勒特冲我一点头，问："过得怎么样，斯皮尔？"

我把背包扔进衣帽箱，拿出英文和法文课的书。没有人把写有憎恶同性恋内容的字条塞进我的衣帽箱，这是好事。也没有人在我的衣帽箱上刻"基佬"两个字，这就更好了。我几乎就要相信溪林高中变得更美好了。或者说，根本就没人看到马丁在轻博客上发的帖子。

马丁，老天，我完全不想看到他那张愚蠢邪恶的脸。而我去上第一节课，他一定会在场。

一想到要再见到马丁，我就会因为厌恶而升起一股火气。

我强迫自己深呼一口气。

我走进艺术楼侧楼，这时候，一个我连名字都叫不出的橄榄球队员从楼上冲下来，差点撞到我身上。我向后退了两步，稳住身体，可他抓住我的肩膀，直勾勾地看着我的眼睛。

"嗨。"他说。

"你好……"

跟着，他抓住我的脸颊，把我的脸拉到他的跟前，像是要亲我似的。"啵！"他咧开嘴笑了，他的脸距离那么近，我都能感觉到他温热的呼吸。我周围的人全都像该死的埃尔默[1]一样，哄笑起来。

我猛地一拉，挣脱开他的钳制，脸颊滚烫。"你去哪儿，斯皮尔？"有人说，"麦格雷戈也要呢。"那帮人又开始哄笑起来。我是说，我根本就不认识这些人。我真不明白为什么这件事对他们来说这么可乐。

在英文课上，马丁看都没看我一眼。

不过一整天，利亚和艾比都好像斗牛犬似的，只要有人哪怕是向我投来嘲笑的目光，她们就恶狠狠地回瞪他们。我是说，她们真叫

1　儿童电视节目《芝麻街》中的玩偶名字。

我感觉心里暖暖的。而且，这倒也不完全是一场灾难。有些人在窃窃私语，边说边笑。偶尔有些人还会在走廊里冲我夸张地笑，不知道是什么意思。还有两个我根本不认识的女同走到我的衣帽箱边上，拥抱了我，把她们的电话号码给我。至少有十几个直男直女告诉我他们支持我。一个女孩甚至还笃定地说基督依然爱我。

反正我成了大家瞩目的焦点，这让我很头痛。

到了午饭时间，女孩子们自顾自讨论起来，盘点了无数个她们认为有可能成为我男朋友的人。大家有说有笑的，很热闹，可安娜开玩笑说尼克也是弯的。尼克听了之后，整个人挂在了艾比身上。这下利亚可不高兴了。

"我们也应该给利亚找个男朋友！"艾比说，老实讲，她这么一说，我还真有点担心。我爱艾比，我知道她只是在尝试搞活气氛而已。可老天，有时候她净帮倒忙。

"谢谢你，艾比。"利亚说，语气虽然很亲切，听起来却毛骨悚然。她的眼睛里燃烧着怒火。她突然站起来，一言不发地把椅子向后推开。

她一走，加勒特就看着布拉姆，而布拉姆紧紧咬住了嘴唇。我很肯定这是直男之间的暗号，表示布拉姆喜欢利亚。

我也说不清为什么，可这事让我很不爽。

"要是你喜欢她，就约她出去呀。"我对布拉姆说，他的脸立刻就红了。

我甚至都不知道为什么。我就是讨厌直男连约会的事都搞不定。

不知怎的，我愣是坚持到了彩排时间。这是我们第一次脱稿彩排，我们直接表演了一些大型集体戏。现在彩排中有一名伴唱，大家都很专心，充满活力。我估摸每个人都渐渐明白了，还有不到一个月，就是首演之夜了。

但扒窃歌唱到一半，马丁突然停了下来。

艾比说："你是在玩我吗?"

有那么一会儿，大家都没说话，彼此面面相觑。不过他们都不看我。有一会儿，我有点糊涂了，可我顺着艾比的目光看向礼堂后面。有两个人坐在双螺旋前面，看起来有一点眼熟。我觉得去年我和他们一块上过健康课。其中一个穿着一件连帽衫，戴着假眼镜，卡其裤外面套了一条裙子，他们都举着巨大的标语牌。

第一个人的标语牌上写着："你好吗，西蒙?"

穿裙子那个人的标语牌上写着："啊，啊——来干我吧!"

那两个人直扭屁股，还有几个人从门口向里面偷瞧，哈哈笑个不停。一个女孩笑得直捂肚子。有人说："够了你们这些人! 老天，你们真是太坏了。"但她也在哈哈笑。

说来也怪，我甚至都没有脸红。我感觉像是隔了数百里在看这一幕。

跟着，忽然之间，泰勒·梅特涅从舞台侧面冲下台阶，跑过礼堂的走廊。艾比就跟在她后面。

"见鬼。"穿裙子的那个家伙喊道，另一个则咯咯地笑。跟着，他们狼狈地跑出礼堂，使劲儿关上门。

泰勒和艾比跟着冲出大门，只听见混乱的叫喊声和脚步声。奥尔布赖特老师也跟着他们跑了出去，我们其余人都站在那儿。过了一会儿，我坐在一个平台上，两个高四的女生分别坐在我两旁，搂住我的肩膀。

我瞥了一眼马丁，只见他像是吓瘫了一样，用手捂着脸。

几分钟过后，艾比跑了回来，奥尔布赖特老师在她后面搂着泰勒。泰勒脸上很脏，很红，像是哭过了。我看着奥尔布赖特老师把泰勒带到前排，让她坐在卡尔身边，然后跪在他们面前，和他们说了什么。

艾比走上台阶来到我身边，摇摇头。

"那些人真讨厌。"她说。

我缓缓地点点头。

"我真以为泰勒会打那些家伙。"

泰勒·梅特涅真的会打人。

"你在开玩笑吧。"

"不是，我说真的。"艾比说，"我也差点就动手了。"

"太棒了。"高四女生布里安娜说。

我看了一眼泰勒。她向后靠在椅子上，闭着眼，呼吸着。"她没真的打人吧？我可不愿意她因为我惹上麻烦。"

"噢，老天，别这么说。这又不是你的错，西蒙。"艾比说，"那些家伙根本就是大蠢货。"

"不能就这么算了。"布里安娜说，"我们不是有零容忍政策吗？"

可溪林高中的零容忍只适用于着装方面。

"别担心。"艾比说，"他们现在就在奈特太太的办公室。我估摸他们的妈妈已经收到电话了。"

过了一会儿，奥尔布赖特老师召集大家集合。"很遗憾各位看到了这么不好的东西。"她特别看了我一眼，"这是极为无礼和不适宜的行为，我希望你们知道，我会严肃处理这件事。"她停顿了一下，我看着她，这才意识到奥尔布赖特老师非常生气。"所以，很遗憾，今

168

天我们就到这里结束了，我要去处理一下。我知道这件事非常意外，我向你们所有人道歉。明天我们继续彩排。"

跟着，她走到我面前，蹲在我所坐的平台前面。"你还好吗，西蒙?"

我感觉自己微微有些脸红。"我很好。"

"那就好。"她小声说，"你要知道，这些浑蛋现在要被停课处分了。我不是在开玩笑。我一定会给他们点颜色看看。"

我、艾比和布里安娜盯着她。

这是我第一次听到老师骂脏话。

艾比一直留在学校里，就连最后一趟校车都走了，她还是没走。我对此感觉很难过。我不知道。我只是感觉这些都是我的错。可艾比告诉我别傻了，而且她可以看橄榄球选拔赛来消磨时间。

"我想陪着你。"我说。

"得了，西蒙。你回家吧，好好放松放松。"

"可如果我想给尼克起起哄，怎么办呢?"

听我说这话，她就没法和我争了。我们穿过科学走廊，走下后楼梯，向音乐教室走去，显然有人关上音乐教室的大门，在里面打鼓、弹吉他。听起来很专业，只是音乐很奇怪，杂乱无章，像是和声的低音部分。在我们走过的时候，艾比随着鼓点翩翩起舞，跳了一会儿，跟着，我们推开橄榄球场附近的侧门。

这里可真冷，我不知道橄榄球队那帮人只穿着短裤、光着大腿是怎么活下来的。女孩子们在近场，能看到好几条马尾辫在晃荡。我们从他们身边走到橄榄球队员那里，他们有的正绕着橙色圆锥桩跑步，有的互相踢球。艾比把手臂搭在围栏上，把身体向前探，看着他们训练。很多人都在运动服下面穿着长袖弹力衫，有的人还戴着护腿板。他们都有橄榄球运动员健壮的小腿，看起来真的很养眼。

教练吹了声哨子，所有队员都集中在他周围，听他说话。跟着，他们散开，分发矿泉水，开始运球和伸展双腿。尼克立刻向我们小跑过来，满脸通红，笑得很灿烂，跟着，加勒特和布拉姆也过来了。

"说来也怪，他们竟然又让你来试。"艾比说。

"我知道。"加勒特气喘吁吁地说。他浑身都是汗，脸色潮红，一双眼睛看上去像是蓝色。"这就是个传统，就是为了看看——"他顿了顿，好缓和呼吸，"要把我们安排在什么地方。"

"噢。"她说。

"你们彩排时开小差了?"尼克说，还对艾比笑笑。

"差不多吧。"她说，"我在想——呀，我要好好欣赏一下橄榄球队的男生们。"她向尼克探身，对他灿烂地笑着。

"噢，真的吗?"尼克说。

我开始觉得下面的话不适合我继续听下去了。

"还顺利吗?"我转头问加勒特和布拉姆。

"很好。"加勒特说，布拉姆点点头。

有件事很有意思，我一个礼拜有五天和这些家伙一起吃午饭，我们每次在一起，都是集体行动。可我有点希望我能更了解他们，即便布拉姆并没有去约利亚。我不知道。首先，加勒特和布拉姆一整天都对我是同性恋这事表现得很冷静，我觉得运动员不该有这样的反应。

布拉姆很可爱，真的很可爱。他站在距离围栏一英尺远的地方，满头大汗，运动衫下面穿了一件高圆领衫。他的话不多，却有一双令人印象深刻的棕色眼睛。他有着淡棕色的皮肤，留着一头柔软的深色卷发，一双手指关节突出，很好看。

"要是你搞砸了面试会怎么样？"我问，"他们会把你踢出球队吗？"

"面试？"布拉姆问，轻声笑了起来。他看着我，我有一种痛并快乐着的感觉。

"选拔赛。"我红着脸对他笑笑，跟着，我感觉有点内疚。

因为小蓝。就算他还没准备好，就算他只是笔记本电脑屏幕上的文字。

但我好像已经把他当成我的男朋友了。

我不知道。

也许是因为冬天这么冷，也许是因为橄榄球队男生的小腿，反正在今天发生了这么多事之后，我的心情还不错。

但这是在我来到停车场之前，因为马丁·艾迪森正靠在我的车上。

"你去哪儿了？"他说。

我等他挪开。我是说，我甚至都不愿意看他。

"我们能不能谈谈？"他问。

"我没话对你说。"我说。

"那好吧。"他叹了口气，我都能看到他呼出来的气。"西蒙，那个……我欠你一声道歉。"

我只是站着不动。

他把手臂向前伸，把手套下面的指关节按得嘎嘎作响。"老天，我只是，我只是很抱歉，为了发生的一切。我不知道会……我是说，我没想到人们还是这么蠢。"

"是呀，谁能猜得到呢？毕竟荫溪是这么前卫。"

马丁摇摇头。"我真觉得这不是什么大事。"

他这话真叫人无语。

"听着，对不起，好吗？我气坏了，就是为了艾比的事。我当时脑袋一热。后来我哥把我臭骂了一顿，我觉得自己糟透了。我早就把那些截图删除了，我对天发誓。求你了，你能不能说点什么？"

我是说，我差一点就笑了出来。"你想要我说什么。"

"我不知道。"他说，"我只是——"

"那好吧，你听听这个怎么样？我觉得你是个浑蛋，大浑蛋。我是说，你别再假装没想到会发生这些乱七八糟的事。你一直在敲诈我。这不就是你的目的吗？你不就是要羞辱我吗？"

他摇了摇头，张开嘴要说话，但我打断了他。

"你知道吗？你不能说这不是大事。这就是一件大事，好吗？而且，这本该是我自己的事。本来应该由我自己决定什么时候说，该怎么说，在哪里说，告诉谁。"忽然之间，我的声音变得有些沙哑，"现在你抢了我的主动权。你还把小蓝也牵扯了进来。你是个浑蛋，马丁。我是说，我连看都不愿意看你。"

他哭了。他一直忍着不哭，可他这会儿开始失声痛哭。我的心拧成了一团。

"你能让一下吗？"我说，"可以让我一个人待会儿吗？"

他点点头，低着头快步走开了。

我钻进车里，打开引擎，哭了起来。

24

发件人：hourtohour.notetonote@gmail.com
收件人：bluegreen118@gmail.com
日期：1月5日，19：19
主题：下雪了!

小蓝：

快看外面! 简直不敢相信。开学第一天竟然下起了小雪。会不会变成另一场末日暴雪呀？因为我一点都不介意这周剩下的时间不能去上学。老天，今天真是糟透了。我能告诉你的只有一件事，那就是向全世界宣布出柜真是件累人的事。

我已经筋疲力尽了。

你有没有特别生气到痛哭流涕的地步？你有没有因为生气而感觉内疚？告诉我，我并不是个怪咖。

爱你，

雅克

发件人：bluegreen118@gmail.com

收件人：hourtohour.notetonote@gmail.com

日期：1月5日，22：01

主题：回复：下雪了！

我不觉得你是个怪咖。听起来好像你这一天过得很不顺利，我希望我能有法子让你好过点。你有没有试过消化自己的情绪？我听说奥利奥饼干具有治愈作用。我不是站着说话不腰疼，但你真的不必为了生气而觉得内疚，特别是如果我猜对了你为什么而生气。

好吧，我必须告诉你一件事，而且我想我要说的事会惹你不高兴。我想我选的这个时机真是不能更坏了，但我想不到别的法子，所以，我要说了：

雅克，我几乎可以肯定我知道你是谁了。

爱你，

小蓝

发件人：hourtohour.notetonote@gmail.com

收件人：bluegreen118@gmail.com

日期：1月6日，19：12

主题：真的吗？

喔，好吧，我不生气。可这是大事情，对吧？

事实上，我觉得我也知道你是谁了。为了好玩，我来猜一下吧：

第一：你和一位美国前总统同名。

第二：你和一个漫画人物同名。

第三：你喜欢画画。

第四：你的眼睛是蓝色的。

第五：你曾经用轮椅推着我在一条黑乎乎的走廊里跑。

爱你，

雅克

发件人：bluegreen118@gmail.com

收件人：hourtohour.notetonote@gmail.com

日期：1月6日，21：43

主题：回复：真的吗？

第一：是的。

第二：是个很不起眼的小角色，但也算是吧。

第三：不完全是。

第四：不是。

第五：绝对不是

对不起，我想我并不是你以为的那个人。

小蓝

发件人：hourtohour.notetonote@gmail.com

收件人：bluegreen118@gmail.com

日期：1 月 6 日，23：18

主题：回复：真的吗？

我最后还是搞糟了。

我想我错得离谱了。我很抱歉，小蓝。我希望这不会让我们两个之间出现任何嫌隙。

或许你也猜错了我的身份呢？那我们该怎么办？我猜你是看到了轻博客上的帖子。老天，我真感觉自己是个大傻瓜。

爱你，

雅克

发件人：bluegreen118@gmail.com

收件人：hourtohour.notetonote@gmail.com

日期：1 月 7 日，7：23

主题：回复：真的吗？

轻博客——你是说小溪秘密论坛？老实说，自打八月开始，我就没上过了。那上面有什么？反正你不必觉得自己像个傻瓜。我并不认为我猜错了。

Jacques a dit. 对吗？

小蓝

25

没错。我就是这么不小心。我想我留下了很多线索，现在小蓝把它们拼凑在了一起，我不该觉得惊讶才对。或许我还希望他这么做来着。

顺便说一句，Jacques a dit 是法语，意思是"西蒙说[1]"。这招显然不如我以为的那么高明。

可我以为他是卡尔，这下真的搞砸了。说实话，我真是个大傻瓜。我真不知道自己在想什么。单凭蓝绿色的眼睛和直觉，我就认为小蓝是卡尔？这是典型西蒙式的逻辑，难怪我会大错特错了。

那天早晨，我盯着笔记本电脑上小蓝的邮件大约二十分钟才开始写回复。跟着，我就坐在那里，不停地刷新浏览器，直到诺拉来敲门，我才停下。我们到学校早了五分钟。于是，我把车停好，又在车里坐

---

1 一种游戏。游戏中一人扮作西蒙，并由此人发出指令说，"西蒙说，×××"。然后每个人都必须按照此人的指令去做动作。如果西蒙没有在动作的指令前加"西蒙说"，任何做动作的人就出局了。留下的最后一个人下一轮将成为西蒙。

了五分钟，盯着手机邮箱看。

我是说，他没看轻博客上的帖子。还不错。事实上，这太走运了。

我是踩着铃声走进教学楼的，而且，我真的很茫然。幸好我的手还知道衣帽箱的密码，因为我的大脑已经失灵了。人们和我说话，我冲他们点头示意，却不知道他们都说了什么。我觉得有两个大块头管我叫"精液同性恋"。我不知道。我甚至都不在乎。

我满脑子想的都是小蓝。我觉得我在一定程度上盼着今天能发生什么事。盼望真相大白。我就是不能相信小蓝会不告诉我他是谁，毕竟他现在已经知道我是谁了。这表示我要到处去寻找线索。利亚在法文课上给我传来一张纸条，我觉得这可能是他给我的信息，搞得我的心狂跳不已。

到你的衣帽箱边上来找我。我准备好了。

我希望是类似这样的内容。可结果纸条上是一幅画，是我们的法文老师在给一根法棍面包口交，画得特别像，还是漫画风格的。不管说到什么，我都会想起小蓝。

历史课上，有人拍了我的肩膀一下，我的心一动。可拍我的人是艾比。"嘘，听听这个。"

我一听才知道，原来是泰勒向马丁解释，她没有必要秀腿上的肌肉，因为她的新陈代谢很快，她甚至都没意识到有些女孩子要费很大力气去健身，才能让腿看上去更健美。马丁挠了挠头点了下，看起来很无聊。

"她就是没办法不炫耀她的新陈代谢，西蒙。"艾比说。

"恐怕是这样的。"泰勒或许是个秘密忍者，与恶势力做斗争，可她依然有点可怕。

接下来，艾比又捅捅我，让我帮她把弄掉的钢笔捡起来，这让我再次心中一颤。我控制不了自己，心里总抱着一丝希望，我无法让它消失。

转眼到了放学时间，没什么特别的事情发生，我不禁感觉有点难过。这就像到了你生日那天晚上的十一点，你终于明白，不会有人给你办惊喜派对了。

周四彩排完，卡尔漫不经心地宣布他是双性恋。还说我们或许可以找个时间一起出去约会。我不记得我说了什么。我想我肯定是目瞪口呆地看着他来着。他可是讨人喜欢的、永远那么从容的、留着超级时髦刘海的、有一双海蓝色眼睛的卡尔。

可问题是，他不是小蓝。

小蓝，他一直没回我的邮件。

说来也怪，一直到了第二天的英文课，我才想起卡尔。我走进教室的时候，怀斯先生还没来。学生们则吵闹个不停，几个人在讨论莎士比亚；还有一个人站在椅子上，对着另一个人大声吟诵哈姆雷特的独白。出于某些原因，沙发上特别拥挤，而尼克就坐在艾比的腿上。

艾比把头探过尼克的身体上方，叫我过去。她笑着说："西蒙，我正在给尼克讲昨天彩排时发生的事呢。"

"是呀。"尼克说，"说说那个叫凯文[1]的人是谁？"

---

1 即卡尔。

我摇摇头，脸有些红了。"没谁，就是戏剧社的。"

"没谁？"尼克一歪脑袋说，"你确定？我怎么听说……"

"闭嘴！"艾比说道，连忙用一只手捂住他的嘴，"不好意思，西蒙，我只是很为你高兴。这不是秘密，对吧？"

"不是，不过这事……这事不重要。"

"好吧，我们等着瞧。"艾比说着对我得意地笑了笑。

我不知道该怎么向她解释，总而言之，我已经心有所属。我爱上了一个和美国前总统、一个漫画中的配角同名的人；他不喜欢画画，没有蓝色的眼睛，不曾用轮椅推着我飞奔。

看起来，在不知道我的身份之前，他更喜欢我。

26

发件人: hourtohour.notetonote@gmail.com

收件人: bluegreen118@gmail.com

日期: 1 月 9 日, 20: 23

主题: 回复: 真的吗?

那个, 我明白了。我自己不小心, 并不意味着你要在没准备好时说出你的身份。但现在你知道了我的超级英雄身份, 我却对你一无所知——这有点怪, 对吗?

我不知道还能说什么。隐姓埋名对我们有好处, 我知道这一点。可现在我只想认识真实的你。

爱你,

西蒙

发件人：bluegreen118@gmail.com

收件人：hourtohour.notetonote@gmail.com

日期：1 月 10 日，14：12

主题：回复：真的吗？

小蓝的确是我的超级英雄身份，所以你想知道的是我的真实身份。但……这确实比较难。我真不知道还能说什么。我很抱歉，西蒙。事情可能和你期待的相差甚远。所以，我不说是对你好。

小蓝

发件人：hourtohour.notetonote@gmail.com

收件人：bluegreen118@gmail.com

日期：1 月 10 日，15：45

主题：回复：真的吗？

事情可能与我期待的相差甚远？你在说什么？？

西蒙

发件人：hourtohour.notetonote@gmail.com

收件人：bluegreen118@gmail.com

日期：1 月 12 日，12：18

主题：回复：真的吗？

说真的，我真不知道你在说什么，因为现在的一切并没有与我希望的不一样。

我知道你不想发短信，也知道你不想见面，好的。但我讨厌现在一切都变了样，即便这一切都仅限于电子邮件。我是说，是的，现在很尴尬。我想我要说的是，要是你觉得我没什么吸引力，我真的可以理解，我会接受的。可从很多方面来说，你都是我的好朋友，我希望能保持与你的关系。

我们能不能假装没发生过任何事，然后和从前一样？

西蒙

27

但这并不意味着我会不再想这件事。

周日一整天我都待在房里听史密斯乐团和卡迪小子，把音量开到最大，我甚至都不在乎我父母是不是觉得我太任性。他们怎么想与我无关。我想让比伯和我一起躺在床上，它却老是走来走去，我只好把它放到走廊里，可它又哀号着要回来。

"诺拉，把比伯牵走。"我大声喊道。但她没有回答。我给她发了条短信。

她回复我：你自己动手吧，我不在家。

你在哪儿？诺拉不在家，我真的很讨厌这个新状况。

但她没有回我的短信。我感觉没精打采，不愿意起来去叫我妈把比伯弄走。

我就这么盯着吊扇。小蓝是不会主动坦白身份了，这表示我必须自己去弄明白。所以，一连好几个钟头，我都在琢磨着相同的几条线索。

与一位美国前总统同名；与一个漫画中的配角同名；有一半犹太

血统；语法特别好；处男；不去派对；喜欢超级英雄；喜欢里斯牌杯子蛋糕和奥利奥饼干（这表示他不是个傻瓜）；父母离婚了；继母怀孕了；爸爸住在萨凡纳，是个英文老师；母亲是流行病学家。

问题是，我开始意识到我对别人都不太了解。我是说，我大概知道谁是处男，可我不知道大多数学生的父母是不是离婚了，也不知道他们的父母是做什么工作的。尼克的父母是医生，但我不知道利亚的妈妈是干什么的，我甚至都不知道她爸爸是个怎样的人，因为利亚从来都没有说起过他。我也不知道为什么艾比的爸爸和哥哥还住在华盛顿。而且，他们可都是我最好的朋友。我一直都自认是个很八卦的人，可我想我八卦的都是些很蠢的事。

现在想来真是糟糕透顶。

但这不是重点。因为，即便我破解了密码，也改变不了一个事实：小蓝不感兴趣。他知道我是谁。现在事情坏成这样，我不知道该怎么做。我告诉他，就算我对他没有吸引力，我也能理解。我尽力表现得我不介意。

可我不理解。我非常介意。

真他妈的糟糕。

到了周一，我的衣帽箱把手上挂着一个塑料购物袋。我的第一反应是，里面装的肯定是下体弹力护身。我觉得我能想象到一个愚蠢的运动员拿一条汗湿的下体弹力护身来羞辱我。我不知道，或许是我自己想多了。

不过里面不是下体弹力护身，而是一件针织纯棉 T 恤衫，印着艾略特·史密斯的专辑《数字 8》的标志。衣服上有张字条，写着：我想艾略特会明白，要是可以，你一定会去看他的演出。

字条是一张蓝绿色的图画用纸，字体笔直——一丁点歪斜都没有。他当然记得艾略特这个单词里有两个"t"。因为他是小蓝，他一定会记得。

T 恤衫是中号的，十分柔软，这件衣服堪称完美到令人称奇的地步。有那么一刻，我真以为我会立即找个厕所，把衣服换上。

可我阻止了我自己，毕竟这还是很奇怪，毕竟我依旧不知道他是谁。一想到他看见我穿上这件 T 恤衫，不知道为什么，我就感觉特别难为情。所以我把 T 恤衫整齐叠好，放在背包里，又把背包放进衣帽箱。这之后的一整天我的心都飘在空中，虽然紧张，却很开心。

但当我去彩排时，却突然发生了翻天覆地的变化。我甚至都不知道，这会与卡尔有关。我到的时候，他刚准备离开去厕所，看到我，他在门口停了一会儿。我们看着对方，对彼此微笑。跟着，朝不同的方向走去。

这没什么，不过是片刻的事。可就在那一瞬间，我的心里突然燃烧起怒火。我是说，我甚至都能真切感觉到那团火。而这都是因为小蓝是个该死的胆小鬼。他把一件该死的 T 恤衫挂在我的衣帽箱把手上，却没胆子走到我身边。

是他毁掉了一切。现在有个特别可爱的男孩可能喜欢我，他的刘海是那么帅气，可这一点用也没有。我不会与卡尔约会，我甚至都不会有男朋友，我只是想办法尽量不去爱上一个不真实的人。

在那周剩下的几天里，我筋疲力尽，晕头转向。现在每晚的彩排又延长了一小时，这表示我要在厨台边吃晚饭，并且尽量不要把食物残渣掉到课本上。我爸说他这个礼拜很想我，这意味着他最近因为只能自己来录《单身汉》而很不舒服。我一直没有收到小蓝的回复，我也没有给他发邮件。

我觉得周五是个大日子。距离首演之夜还剩下一个星期，今天我们要穿上戏装，在一天里表演两次《雾都孤儿》：早晨为高一和高四的学生演，下午为高二和高三的学生演。我们必须提前一个小时到学校做准备，所以诺拉也得在礼堂里待着。但卡尔给她找了点事干，她似乎很高兴用胶带把剧照贴在大厅墙壁上，旁边是马克·莱斯特主演的电影版的截图和一张放大了的演职人员名单。

后台乱成一团。道具不见了；大家穿着不完整的戏服到处走；泰勒已经穿好了戏服，化好了妆，站在舞台侧面，做着她自己发明的发声练习，虽然不怎么雅观；马丁找不到他的胡子了。溪林高中的音乐神童们在乐团席练习前奏曲。这其实是我们第一次与伴奏团一起表演，光是听到他们练习就让整件事显得更加真实。

我穿上我那三套戏服中的第一套，超大的、破破烂烂的燕麦色上衣，宽松的束腰裤，没有鞋子。两个女孩把一些垃圾放进我的头发里，然后弄乱。跟着她们让我画眼线，我当然不乐意。她们让我戴隐形眼镜就已经够糟了。

说到给我画眼线，我唯一相信的人就是艾比了。她让我坐在女生化妆室窗边的一张椅子上。女孩子们都不在意我进了女生化妆室，但这跟我是个同性恋无关。更衣室其实是谁都可以进的，谁要是在意隐私，就去厕所换衣服。

"闭上眼睛。"她说。

我闭上眼睛。艾比的指尖轻轻贴上我的眼睑。跟着，我有种眼皮上正在被画涂鸦的感觉。我可没玩笑——眼线是用奇怪的笔画出来的。

"我看起来是不是很可笑？"

"一点也不。"说完她有那么一小会儿没说话。

"我有个问题想问你。"

"嗯？"

"你爸爸为什么还住在华盛顿？"

"他没找到这里的工作。"

"哦，他和你哥哥会搬来这里吗？"

她用指尖轻轻擦了擦我的眼睑边缘。

"我爸以后会来吧。"她说，"我哥哥在霍华德大学上大一。"

跟着她点点头，拉紧我另一只眼睛的眼皮，画了起来。

"我连这事儿都不知道，我真是太蠢了。"我说。

"你为什么会感觉自己太蠢？我想我从没提过这件事。"

"但我也从没问过。"

最糟糕的部分来了，在她画下眼睑的时候，我必须睁着眼睛，而眼线笔就直接在我的下眼睑上画来画去，我真讨厌有东西碰我的眼睛。

"别老眨眼。"艾比说。

"我尽力了。"

她伸了伸舌头，闻起来有股香草的味道。

"看着我。"

"好了吗?"我问。

她停下来端详我。"差不多了吧。"她说。可跟着她又像个忍者一样用粉末和刷子对着我一顿收拾。

"哇哦。"布里安娜走过时惊叹道。

"我知道。"艾比说,"西蒙,别误会我的意思,但你看起来真的太'辣'了。"

听完这话,我连忙扭头去照镜子,结果扭得太快,差点儿伤着脖子。

"你觉得怎么样?"她在我身后笑着说。

"看起来怪怪的。"

感觉有点不真实。我不习惯看到不戴眼镜的自己,现在画了眼线,感觉好像我整张脸上唯一突出的就是眼睛了。

"让卡尔好好看看。"艾比小声说。

我摇了摇头。"他不是……"

我看着镜子里的自己,没办法说下去。

那天的第一场演出异常顺利,虽然大部分高四学生不过是趁此机会补充两个小时的睡眠。但高一的学生特别兴奋可以逃过第一和第二节课,因此,他们就成了最棒的观众。这一周的疲倦消退了,肾上腺素、笑声和掌声鼓舞着我的表演。

我们换下戏服,大家都发自内心地高兴。跟着兴奋地听着奥尔布赖特老师给我们讲解表演中的不足之处。结束后我们跟非戏剧社的人一起吃午饭。我有点兴奋,因为我要带妆去吃饭,这不仅让我显得很"辣",而且这更是作为演出一份子的标记,我很为此骄傲。

利亚被我的眼线迷住了。"老天，西蒙。"

"你不喜欢吗？"艾比说。

我感觉有些难为情。可爱的布拉姆也在看着我。

"我不知道你的眼睛是这么深的灰色。"利亚说。她扭头问尼克，"你知道吗？"

"不知道。"尼克肯定地说。

"像是眼睛周围是炭黑色的。"她说，"瞳孔的颜色浅一些，而瞳孔周围就跟银色差不多，嗯，是深银色。"

"五十度灰。"艾比说。

"恶心。"利亚笑着看了一眼艾比。

这可真是个奇迹。

午饭过后，我们在礼堂集合，这样奥尔布赖特老师就能提醒我们自己有多棒。然后，我们去后台换衣服，准备第一幕的戏。这一次有点赶，但我觉得我喜欢这样。伴奏团又开始试演，高二和高三的学生排队进入观众席，说话声越来越大。

能让我兴奋的就是这个，因为小蓝也在观众席里。虽然我很生他的气，却依然很高兴他会在观众席里。

我站在艾比身边，和她一起透过幕帘上的缝隙看着下面的观众。"尼克在那里。"她指着礼堂的左边说，"利亚也在。摩根和安娜在他们后面。"

"快开始了吧？"

"不知道。"艾比说。

我回头看了看身后，看见卡尔坐在舞台侧面的一张桌子上。他戴着耳机,一个小麦克风垂在他嘴边。他蹙着眉头,不住地点头。跟着,他站起来,向观众席走去。

我又看了看观众席。观众席的照明灯依然开着,人们趴在座位的靠背上,隔着老远向彼此大喊大叫。几个人把节目单揉成球,往天花板上扔。

"我们的观众在等着呢。"艾比对着昏暗的观众席微笑着说。

跟着有人把手搭在我的肩膀上,是奥尔布赖特老师。

"西蒙,你能跟我过来一下吗?"

"当然。"我说。我和艾比都耸耸肩。

我跟着奥尔布赖特老师向更衣室走去,马丁正"扑通"一声坐到塑料椅子上,用手指缠绕着胡子的末端。

"去坐下吧。"她关上门。马丁看了我一眼,像是在问我这是怎么回事。

"刚才发生了一件事。"奥尔布赖特老师缓缓地说,"我想先和你们两个谈谈这件事。我觉得你们有权知道。"

我立刻有种不祥的预感。有那么一瞬间,奥尔布赖特老师有点出神,但很快她眨了眨眼睛,把注意力收了回来。她看起来特别疲倦。"有人改了大厅里的演员表。"她说,"他们把你们两个的角色名字改得不堪入目。"

"是什么?"马丁问。

我立即就明白过来了。马丁扮演是费金。我演的是"费金养的流浪儿"。我想某些天才认为删掉 i 和 n，就能显得非常滑稽。[1]

"噢。"马丁过了一会儿才恍然大悟。我们交换了一下眼神，他翻了翻白眼，有那么一刻，我们几乎好像又成了朋友。

"是呀，还有一幅画。"奥尔布赖特老师说，"卡尔把演员表摘下来了，过一会儿我会出去和你们那些可爱的同学聊几句。"

"您是要取消演出吗?"马丁捂着脸问。

"你们希望我取消吗?"

马丁看着我。

"不，不要紧。还是不要取消吧。"我的心开始怦怦跳。

我不愿意去想这件事。但有一点我很肯定：一想到小蓝看不到演出，我就觉得一切都毫无意义了。

我希望这不要紧。

马丁把脸埋进手里。"我真的非常非常抱歉，斯皮尔。"

"够了。"我站起来，"别再说了。"

我想我他妈的受够了。我一直在尽力不让这件事影响到我。那些人管我叫什么，怎么想我，我本不该在乎。可我一直都很在乎。艾比搂住我的肩膀，我们从舞台侧面看着奥尔布赖特老师走上台。

"嗨。"她对着麦克风，捧着一个笔记本，脸上没有一点笑容，面色严峻。"你们中有些人认识我。我是教戏剧的奥尔布赖特老师。"

观众席中有人吹了个挑逗性的口哨，很多人跟着咯咯笑了起来。

"我知道，各位来到这里，都是为了看一部精彩戏剧的独家预演。

1　费金即 Fagin，"费金养的流浪儿"即 Fagin's boy，而 Fagin 去掉 i 和 n 就是 fag，意为男同性恋者，基佬。

我们拥有很棒的演职人员，而且我们很希望立即为大家演出。但在此之前，我想要花几分钟，来重新强调一下溪林高中惩治恃强凌弱行为的准则。"

听到"重新强调"和"准则"，大家都安静了下来。一阵窃窃私语声响起，还能听到布料摩擦椅背的沙沙声。有人大笑尖叫了起来，还有人喊"安静"，跟着很多人都开始咯咯笑起来。

"我在等你们安静下来。"奥尔布赖特老师说。笑声渐渐停止，她举起了笔记本，"有人认识这个吗？"

"你的日记？"一个高二的蠢货说。

奥尔布赖特老师没理会他。"这是溪林高中学生手册。你们在入学的时候都应该读过，并且签名保证会遵守。"

大家立即就不听了。老天，当老师可真够倒霉的。我盘对坐在后台的地板上，几个女孩子坐在我周围。奥尔布赖特老师一直在说，还读了手册里的规定。然后又说了什么，当她说到零容忍的时候，艾比用力按了按我的手。这几分钟过得十分漫长。

此时此刻，我觉得自己脑子里一片空白。

最后，奥尔布赖特老师走回舞台侧面，"啪"一声把手册扔到椅子上。"开始吧。"她说，眼睛里流露出特别骇人的目光。

观众席照明灯暗了下去，序曲的头几个音符从乐池中传出。我走出舞台侧面，走上舞台。我的四肢发沉。我真有点想回家，爬上床，戴上 iPod。

是幕帘已经打开。

我继续朝前走。

28

可演出结束到了更衣室，我忽然想到一件事。

马丁·范布伦，美国第八任总统。

这不可能，绝对不可能。

我的毛巾掉到了地上。我周围的女孩子摘掉帽子，放下头发，把泡沫皂涂在脸上，拉上保护衣服用的塑料袋的拉链。一扇门"砰"一声开了，突然有人放声大笑起来。

我一时间思绪万千。我对马丁了解多少？我对小蓝了解多少？

显而易见，马丁很聪明。他是否聪明到可以当小蓝？我不知道马丁是不是有一半犹太血统。我是说，有这个可能。他不是独生子，可我想他可能在这个问题上撒谎了。我不知道，我真不知道。这根本就不符合情理，因为马丁不是同性恋。

可有人认为他是。不过我或许不该相信那些管我叫"基佬"的匿名者。

"西蒙，不要!"艾比出现在门口。

"什么?"

"你洗掉啦!"她盯着我的脸看了一会儿,"我觉得还是能看到一点的。"

"你是说我那可笑的眼线吗?"我说。她笑了起来。

"听着,尼克给我发了短信,他在停车场等我们。我们今天要带你出去一趟。"

"什么? 去哪儿?"

"我也不知道。我妈这周末要去华盛顿,这表示我家和我家的车都归我了。所以你们可以在苏索的地盘过夜了。"

"我们要去你家过夜?"

"是呀。"她说。我注意到她卸了妆,穿回了紧身牛仔裤。"所以让你妹妹自己回家吧。把你该做的事情都做了。"

我照照镜子,试着把头发压低。"诺拉已经坐校车走了。"我缓缓地说。真奇怪,镜子里的西蒙依旧戴着隐形眼镜,依旧有些陌生。"为什么要这么做?"

"因为今天没有彩排。"她说着戳了戳我的脸,"因为你今天过得很糟。"

我差一点就笑了出来。她根本一无所知。

在去停车场的一路上,她一直说个不停,计划这计划那,我任由她的话像潮水般向我涌来。马丁的事在我的脑海里盘旋不去。就算我想破头也想不明白。

这意味着八月份的时候马丁在轻博客上发帖子宣布我是个同性恋。而五个月来,我发邮件的对象就是马丁。我可以相信这些是真的，可我无法解释勒索的事。如果马丁真是弯的，那他为什么还要扯上艾比？

"我想我们下午应该去小五星区。"艾比说，"然后一定要去市中心。"

"听起来很不错。"我说。

只是这说不通呀。

可跟着我想到了那些天的下午，我们一起去华夫餐馆的情形，还有晚上彩排的情形，那时候我真有点喜欢他了，不过跟着事情急转直下。一边是敲诈，一边是友谊，或许这就是关键。

我从未感觉到他喜欢我，一次都没有。所以不可能，马丁不可能是小蓝。

除非……但不可能。

因为这不可能是个玩笑，小蓝不可能是个玩笑，根本就没这个可能。没有人可以这么卑鄙，就连马丁也不可能这样。

我有些喘不上气了。

这不可能是个玩笑，因为如果这真是个恶作剧，我不知道我会怎么样。

我不能想这件事了。老天，我真的不能想了。

不能。

尼克在学校前面瞪着我，他和艾比看到对方时一碰拳头。"我把他带来了。"她说。

"那现在该怎么办？"尼克问，"开车回家去拿东西，然后你来接我们？"

"计划是这样的。"艾比说。她把背包拿下来，拉开最小侧兜的拉链，掏出车钥匙，跟着一歪脑袋问："你们两个告诉利亚了吗？"

我和尼克面面相觑。

"还没。"尼克说。他有点泄气。这事儿有点麻烦，因为就算我喜欢利亚，她若是在场，一切都会不一样。因为尼克和艾比，她会喜怒无常，爱发脾气，而且她不喜欢市区。我不知道该怎么说，可她的情绪有时候是会传染的。

但是，利亚不喜欢被排除在外。

"或许就我们三个去吧。"尼克低着头，小心翼翼地说。我看得出来他对此很愧疚。

"好吧。"我说。

"好吧。"艾比说，"那我们走吧。"

两分钟后，我坐在艾比妈妈汽车的后座，脚下有一摞平装书。

"把它们弄开吧。"艾比说，与我在后视镜里对视了一眼，"她在接我的时候会看这些书，有时候我开车，她也会看书。"

"我光是在车上看手机都会想吐。"尼克说。

"你的语法不对。"我说着心中一紧。

"好吧，听你的，语言学家先生。"尼克在座位上转过身，冲我一笑。

艾比轻轻松松地把车驶上 285 号高速公路，一点都不紧张。我突然觉得，她一定是我们之中最好的司机。

"你知道我们要去哪里吗？"我问。

"我知道。"艾比说着将车开进杰斯特餐馆的停车场。我从来没去过这家餐馆。我是说，我几乎都没去过亚特兰大。里面很暖和，闹哄哄的，坐满了人，他们都在吃香辣热狗和汉堡之类的食物。可我才不管现在是一月，点了巧克力奥利奥冰激凌。十分钟后，我把冰激凌吃光，感觉差不多恢复了正常。等我们回到车上，太阳已经开始落山了。

跟着我们去了"拾荒者之女"商店，这家商店就在奥罗拉咖啡馆边上。

但是，我并没有想到小蓝。

我们在店里闲逛了几分钟。我挺喜欢"拾荒者之女"商店的。尼克一直在看有关东方哲学的书，艾比买了一条紧身裤。我只是在过道里瞎逛，努力不与那些留着可怕的莫西干发型的女孩子有眼神接触。

我没有在想奥罗拉咖啡馆。我没有在想小蓝。

我不能想小蓝。

我真的不能想小蓝就是马丁这事儿。

天黑了，但时间不算晚，艾比和尼克想带我去一家主张男女平等的书店，那里显然有很多关于同性恋的书。我们浏览书架上的书，艾比抽出一本有关同性恋、双性恋和跨性别者的图画书给我看，尼克到处溜达，看起来有些尴尬。艾比给我买了一本讲同性恋企鹅的书，跟着我们到街上去散步。天冷了，我们都很饿，赶紧回到车里，向市中心开去。

艾比似乎很清楚我们要去哪里。她若无其事地把车开进一条小路，把车停好。跟着我们快步走到街角，转到大路上。尼克只穿了一件薄夹克，冻得瑟瑟发抖，艾比翻了翻白眼说，"佐治亚男孩"，跟着搂住尼克，一边向前走，一边上上下下地揉搓他的手臂。

"到啦。"她终于说道，这时候我们来到朱尼珀路上一个叫韦伯斯特的地方。这里有一个巨大的露台,上面挂着圣诞彩灯和彩旗,露台上空无一人,停车场里却停满了车。

"这里是同性恋酒吧吗?"我问。

艾比和尼克都笑了。

"好吧。可我们怎么进去?"我五英尺七英寸[1]高,尼克的脸上连胡子都没有,艾比的手腕上还戴着几个友谊手镯。我们怎么看都不像过了二十一岁。

"这里是家餐馆。"艾比说,"我们去吃饭。"

韦伯斯特餐馆里坐满了戴着围巾、穿着夹克和紧身牛仔裤的人。他们看上去都很可爱迷人。餐馆的吧台正播放着嘻哈音乐,侍者侧身穿过拥挤的人群,为客人端上啤酒和鸡翅。

"三位吗?"老板问,他的手在我的肩膀上搭了不超过两秒钟,却足以让我心跳加速。"稍等一会儿。"

我们走到一边,尼克拿过菜单翻看,菜单上的名称全都充满了暗示。香肠;圆面包[2]。艾比咯咯笑个不停。我不断提醒自己这只是间餐馆而已。我偶然和一个穿着 V 领衬衫的帅哥有眼神接触,我赶紧把目光移开,心却怦怦直跳。

"我要上厕所。"我很肯定,要是我继续站在这里,我一准会燃烧起来。厕所在酒吧另一头的一条小走廊里,我要从拥挤的人群中穿过去才能到。等我出来的时候,人更多了。有两个女孩子拿着啤酒跳着舞,

---

1   约合 1.7 米。

2   英文为 bun,也有屁股或女性生殖器之意。

几个男人哈哈大笑着，还有很多人不是拿着酒，就是手牵着手。

有人拍拍我的肩膀。"亚历克斯？"

我扭过头。"我不是——"

"你不是亚历克斯。"那个人说，"可你的头发跟亚历克斯的一模一样。"跟着，他伸手弄乱了我的头发。

他坐在一张吧椅上，看起来比我大不了几岁。他有一头金发，不过比我的头发颜色要浅，跟德尔科的头发颜色一样。他穿着马球衫和普通牛仔裤，十分可爱，我觉得他可能是喝醉了。

"你叫什么名字，亚历克斯？"他从吧椅上下来对我说。等他站起来，我才注意到他比我高出将近一个头，身上有股除臭剂的味道，一口牙齿洁白无比。

"西蒙。"我说。

"头脑简单的西蒙遇到了一个卖馅饼的小贩。"[1] 他咯咯笑了起来。

他绝对喝醉了。

"我叫彼得。"他说。我想到的是：彼得，彼得，爱吃南瓜。[2]

"别走。"他说，"我请你喝杯酒。"他用一只手拉住我的手肘，跟着转身面向吧台，忽然之间，我的手里多出了一个锥形高脚杯，里面装满了绿色液体。"就跟苹果一个味。"彼得说。

我抿了一口，倒也不是那么难喝。"谢谢。"我说，激动的感觉彻底占了上风。我甚至都不知道，现在的情况与平时完全不一样。

---

1 童谣的歌词。

2 童谣的歌词。

"你的眼睛真迷人。"彼得笑着对我说。跟着，歌曲变成了重低音。他张开嘴，又说了什么，却被音乐声淹没了。

"什么?"

他走近一步。"你是学生吗?"

"嗯，是的。"我的心怦怦直跳。他站得太近，我们的酒杯都贴在了一起。

"我也是，我在埃默里大学读大一。等等。"他一口喝掉杯里的酒，转身面对吧台。我扭头看着人群，寻找尼克和艾比。他们坐在餐馆的另一边，正看着我，显得有些不安。艾比看到我正在看他们，便使劲儿朝我挥了挥手。我对她微微一笑，也挥了挥手。

但彼得又拉着我的手臂，递给我一杯装满亮橙色液体的酒杯，那颜色看上去像感冒冲剂。只是我的苹果酒才喝了一半，于是我咕咚咕咚把剩下的酒喝光，把空杯子交还给他。跟着他用他的"感冒冲剂"碰了碰我的杯子，一口喝光。

我喝了一小口我的"感冒冲剂"，喝起来好像橘子汽水。彼得笑了，碰了碰我的指尖说："西蒙，你以前一口喝光过一杯吗?"

我摇摇头。

"猜到了，好吧。先向后仰头，然后……"他用空酒杯示范了一下，"可以吗?"

"好吧。"我笑着答应着，一股快乐的暖流潜入我心里，并在我全身蔓延。我两大口喝光了这杯酒，尽量不喷出来。我对彼得笑了笑，他拿走我的酒杯，跟着握住我的另一只手，把手指与我的交缠在一起。

"可爱的西蒙。"他说，"你住在哪儿?"

"荫溪。"

"好吧。"他说。我看得出来，他没听说过。但他笑了笑，坐回到吧椅上，把我拉近了些。他的眼睛是淡褐色的，我喜欢。这会儿聊天变得容易多了，比不说话还要容易。他听我说话，点头表示同意，跟着按着我的手哈哈大笑。我告诉他艾比和尼克就在那边，而我一直不敢看他们，因为我一碰到他们的目光，他们就在用眼神呼喊我。跟着，彼得给我讲了他的朋友们。他说："噢，老天，你必须见见我的朋友们。你一定得见见亚历克斯。"

他又给我们两个各叫了一杯"感冒冲剂"，然后拉着我的手，来到角落里一张大圆桌边上。彼得的朋友是一大群男生，他们都非常可爱。"这是西蒙。"彼得说着搂住我，从侧面拥抱了我一下。他介绍了每一个人，但我立刻就忘记了他们的名字，只记得亚历克斯。彼得在介绍他的时候这样说，"来见见你的分身"。但其实亚历克斯和我长得一点也不像。我的意思是，我们都是白人，可我们连被彼得认为是一样的头发都完全不同。他的头发是故意弄乱的，但我的头发是真乱。不过彼得的目光在我们两个之间来回穿梭，低声笑着。大家为我腾出一张椅子，还有人递给我一杯啤酒。酒真的是无处不在啊。

彼得的朋友很闹也很风趣，我笑得很大声，可我甚至都不记得我在笑什么。彼得紧紧搂住我的肩膀，跟着，他忽然探过身来，亲了我的脸颊。我仿佛进入了另一个世界，就像我有了男朋友。不知道什么原因，我开始跟他们讲起了马丁、邮件，还有他是怎么敲诈我的，现在我觉得这真是个能笑死人的故事。所有人都笑得前仰后合，同桌的一个男生说："噢，老天，彼得，他太可爱了。"这感觉妙极了。

然后，彼得向我探过身，嘴唇贴着我的耳朵问："你是高中生吗？"

"我上高三。"我说。

"高中生。"他依然搂着我问，"你多大了？"

"十七。"我小声说，感觉有点羞怯。

他看着我，摇摇头。"噢，亲爱的。"他说着忧伤地笑了，"不，不。"

"不？"我问。

"你和谁一起来的？你的朋友在哪儿，可爱的西蒙？"

我指指尼克和艾比。

"啊哈。"他说。

他拉我起来，握住我的手，整个餐厅都倾斜了，不知怎的，我最后还是坐在了一把椅子上。我旁边是艾比，尼克在我对面，我前面有一个没动过的干酪汉堡，都凉了，却很完美，没有蔬菜，不过有很多炸薯条。"再见，可爱的西蒙。"彼得说，他拥抱了我，还亲了一下我的额头。"去做十七岁该做的事情吧。"

然后他就踉踉跄跄地走了。看艾比和尼克的样子，好像他们不知道是该笑还是该恐慌。噢，老天，我爱他们。我是说，我真的爱他们。但我现在感觉心里七上八下的。

"你喝了多少？"尼克问。

我掰着手指数了起来。

"算了，我不想知道了。吃点东西吧。"

"我喜欢这里。"我说。

"看得出来。"艾比说着把一根薯条塞进我嘴里。

"你们看到他的牙了吗？"我问，"他有我见过的最白的牙齿。我敢打赌他用了那个叫什么来着,佳洁士的什么。"

"佳洁士净白牙贴。"艾比说,她搂住我的腰,尼克则揽住我的另一边腰。我则搂住他们的肩膀,我他妈的太爱他们了。

"肯定是佳洁士净白牙贴。"我叹了口气,"他是大学生。"

"我们听说了。"艾比说。

今晚过得太完美了,一切都完美无瑕,外面甚至都不冷。今天是周五晚上,我们没去华夫餐馆,没在尼克家的地下室玩《刺客信条》。我没有眼巴巴盼着小蓝的邮件。我们在这里,我们还活着。此时此刻,仿佛全世界的人都来了这里。

"嗨。"我对一个人说。我对与我们擦身而过的每个人微笑示意。

"西蒙,天哪。"艾比叫道。

"好吧。"尼克说,"斯皮尔,你坐前面。"

"什么?为什么?"

"因为我觉得艾比肯定不希望你吐在车的后座上。"

"我才不会吐。"我说,可我的话刚一出口,恶心的感觉就开始在我的胃里翻搅。

于是我坐在前面,打开车窗,冷风刺骨,刮到我脸上,我一个激灵,酒有些醒了。我闭上眼,将头靠在后面。跟着,我突然张开眼。"等等,我们要去什么地方?"我问。

艾比停下车,让我们后面的车开上去。"去我家。"她说,"大学公园路。"

"我忘拿 T 恤衫了。"我说,"能不能去我家一趟?"

"现在的方向正好相反。"艾比说。

"见鬼。"我说。见鬼，见鬼，见鬼。

"我可以把我哥的 T 恤衫借给你。"艾比说，"家里一定有。"

"还有，你不是穿着 T 恤衫了。"尼克说。

"不不不，不是拿来穿的。"我说。

"那是干什么用?"艾比问。

"我不能穿。"我解释道，"那会很奇怪的。我必须把它藏在枕头下面。"

"那样就不奇怪了?"尼克说。

"那件 T 恤衫上面有艾略特·史密斯的专辑标志。你们知道吗，他在我们五岁时就拿刀自杀了? 所以我才从未看过他的演出。"我闭上眼睛，"你们相信来世吗? 尼克，犹太人相信有天堂吗?"

"好啦。"尼克和艾比通过后视镜交换了一下眼色，跟着，艾比把车开上右车道。她转弯上了高速公路。这时我才意识到我们正向北走。我们要回荫溪，回去拿我的 T 恤衫。

"艾比，我有没有告诉过你，你是全世界最好最好的人? 噢，老天，我太爱你了。我对你的爱，比尼克对你的要多得多。"艾比哈哈大笑了起来，尼克咳嗽了几声，我有点紧张，因为我不记得尼克喜欢艾比这事是不是一个秘密。我应该一直说下去才对。"艾比，如果你做我妹妹会怎么样? 我需要多几个姐妹。"

"你的姐姐和妹妹怎么样?"她说。

"她们糟透了。"我说，"诺拉再也不在家里待着了，爱丽丝有了男朋友。"

"这有什么糟糕的?"艾比问。

"爱丽丝有男朋友了?"尼克问。

"但她们应该是爱丽丝和诺拉。她们不应该改变。"我解释道。

"她们不能改变?"艾比哈哈笑了,"可你都变了。你与五个月前的你都不一样了。"

"我才没变!"

"西蒙,我刚才可是亲眼看到你在同性恋酒吧里随便搭讪了个人。你确定自己没有变?"

"我没变!"

艾比和尼克又在后视镜里对视一眼,哈哈笑了起来。

"他不是我随便搭讪的人。"

"不是吗?"艾比问。

"他是我随便搭讪的大学生。"我提醒她。

"啊哈。"

艾比把车开进我家车道,把车停好,我拥抱着她说:"谢谢你谢谢你谢谢你。"她弄乱我的头发。

"好吧,等我一会儿。"我说,"哪里也不要去。"

车道有点倾斜,但不算严重。我花了一点时间才拿出钥匙。玄关的灯关着,但电视机开着,我觉得我准是以为我爸妈睡着了,可他们还穿着睡衣坐在沙发上,比伯就趴在他们之间。

"你怎么回来了,孩子?"我爸问。

"我来拿T恤衫。"我说,我觉得这听起来有点不对劲,于是我又说,"我身上穿了一件T恤衫,可是,我得带一件去艾比家,因为这就是一件T恤,不是什么大事,但我就是需要这件衣服。"

"那好吧……"我妈说，却看向我爸。

"你们在看《监听风云》？"我问。有那么一刻，没人说话。"噢，老天。我不在家，你们就看这个，就看照剧本演的电视剧？"我情不自禁地笑了起来。

"西蒙。"我爸说，他看起来有点迷惑，有点严肃，还被我逗乐了，"你是不是有什么话要对我们说？"

"我是同性恋。"我说完就咯咯笑了起来，有点控制不住。

"好吧，坐下吧。"他说。我本想开个玩笑，可他一直盯着我看，我只好坐在双人沙发的扶手上。"你喝醉了。"他看起来很震惊。我耸耸肩。

"谁开的车？"

"艾比。"

"她喝酒了吗？"

"老爸，行啦。她没喝。"他举起一边手掌。"没有！老天。"

"嗯，你们想不想……"

"好的。"我妈说着把比伯从她腿上推开，从沙发上站起来，穿过玄关走到外面，我听到前门开合的声音。

"她去问艾比了？"我说，"真的？你们不相信我？"

"我不知道我们为什么应该相信你，西蒙。你十点半才回家，还喝醉了，而且你好像觉得这不是什么问题，所以——"

"所以你的意思是说，我应该掩饰。我应该对你们撒谎？"

我爸突然站起来，我看着他，这才意识到他真的生气了。这很不寻常，我也不由得紧张起来，可我一点也不害怕，于是，我说，"你更喜欢我撒谎吗？你再也不能拿同性恋取乐了，所以你可能不高兴了。我敢打赌，妈妈不让你这么做了，对吧？"

"西蒙。"我爸看上去非常严肃，这很像是在警告。

我笑了，只可惜我的笑声太尖厉了。"我宣布出柜的时候你是不是很尴尬，因为你意识到，在过去的十七年里，你一直在你的同性恋儿子面前，拿同性恋开玩笑？"

我们陷入了沉默，气氛很紧张。我爸爸只是盯着我看。

我妈终于回来了，她看着我们父子俩，然后说："我让艾比和尼克回家了。"

"什么？妈妈！"我一下子就站了起来，胃里直翻腾。"不。不。我只是回来拿我的 T 恤衫。"

"我看你今天晚上还是住在家里吧。"我妈说，"我和你爸爸需要谈一会儿。你去喝杯水吧，我们一会儿就回来。"

"我不渴。"

"这不是要求。"我妈说。

他们肯定是在和我开玩笑。让我坐在这里喝水，他们则去背着我说我的事。我"砰"一声关上厨房门。

水刚一触碰到我的唇，我就大口喝了下去，几乎忘记了呼吸。我的胃里一阵翻腾。我认为是水加剧了这种情况。我把手臂放住桌上，用手肘圈住我的头。我太累了。

几分钟后，我爸妈走了进来，挨着我坐在桌边。"你喝水了吗？"我爸问。

我用手肘把空杯子推到他面前，却没有抬起脑袋。

"很好。"他停顿了一下说道，"孩子，我们有结果了。"

很好，事情还不够糟。学校里的人觉得我是个笑话，我遇到了一个让我爱得无法自拔的男生，而他的真实身份可能令我无法承受。现在，我很肯定今晚我会吐。

可是，他们想要说说他们商量的结果。

"我们讨论过了，这次是你初犯。"我趴在桌上点点头。"我和你妈妈都认为，从明天开始，你禁足两个星期。"

我猛地抬起头。"你不能这么做。"

"哦？我不能吗？"

"下周末我们的戏就要开演了。"

"我们知道。"我爸说，"上学，彩排，所有演出，这些都照常进行，可那之后你就得直接回家。在接下来的一个礼拜，你要在客厅用电脑。"

"我现在就要收走你的手机。"我妈说着伸出一只手。他们什么都要管。

"糟糕。"我说。可老实说，我根本就不在乎。

29

这周末是"马丁·路德·金日",所以周二才开学。我到了学校，就见艾比在我的衣帽箱前等着我。"你去什么地方了？周末我一直在给你发短信。你还好吗？"

"我很好。"我揉着眼睛说。

"我真的很担心你。那天你妈妈出来了……你妈妈真的很吓人。我还以为她要拿个测酒仪测测我有没有喝酒呢。"

噢，老天。"对不起。"我说，"一说到开车，他们就很紧张。"艾比走到一边，让我输入衣帽箱密码。

"没事，不要紧。"她说，"我只是很难过丢下你一个人。后来，整个周末又都没有收到你的回复……"

门闩咔一下开了。"他们拿走了我的手机，还有我的电脑。我要禁足两个礼拜。"我拿出法文笔记本。"就是这样。"

艾比整张脸垮了下来。"那演出怎么办？"

"没事的。他们不会这么不通融。"我关上衣帽箱，门闩发出低沉的"咔嗒"声。

"那还好。"她说,"我很抱歉。这都是我的错。"

"什么是你的错?"尼克问,他要去上英文课,正好来到我们身边。

"西蒙被禁足了。"她说。

"那根本就不是你的错。"我说,"是我喝醉了,还在我爸妈面前招摇。"

"这可不是最好的做法。"尼克说。我看着他。有些东西不一样了,我一时间却无法准确说出那是什么。

跟着我想明白了:是手。他们手拉着手。我猛地抬起头看着他们,他们都不好意思地笑了。尼克耸耸肩。

"很好,很好,很好。"我说,"我看你们两个周五晚上并不是很想念我吧。"

"那倒不是。"尼克说。艾比把脸埋进他的肩膀。

在法文课的小组讨论上,我向艾比打听他们之间的事。

"到底是怎么回事?快从实招来。这真是个大大的惊喜。[1]"怀特太太向我们这排走过来的时候,我连忙补充道。

"的确是个惊喜,西蒙。这是个阴性词。[2]"你必须得喜欢法文老师。他们可在乎词性了,却总是把我的名字说成"西蒙娜"。

"我们……[3]"艾比对怀特太太笑笑。等到她一走开,听不到我们

---

1 原文是法语 C'était un surprise。西蒙说来对付法语老师。

2 原文是法语 C'était une surprise, Simon. Au féminin。

3 原文是法语 Um, nous étions…。

说话了，她就说，"我们自己把车开走了，我有点不安，因为你妈妈真生气了，我不想让她以为我会酒驾。"

"要是她真这么以为，就不会让你开车回家了。"

"嗯。"艾比说，"我不知道。反正我们走了，还把车在尼克家的车道上停了一会儿，想着万一你说服你爸妈让你出门。"

"真对不起，我没这么走运。"

"我知道。我只是很不喜欢丢下你自己走。我们给你发了短信，又等了一会儿。"

"对不起。"我又说了一遍。

"不要紧。"艾比露出一个灿烂的笑容，"一切都很好。"[1]

午饭真棒，因为摩根和布拉姆都在这个漫长的周末过了生日，利亚一向坚持每个人都可以享受到一个巨大的单层蛋糕。这表示我们可以吃到两个蛋糕，而且都是巧克力口味的。

只是我不知道今天是谁送来了蛋糕，因为利亚在吃午饭时压根儿就没出现。现在想想，她也没来上英文和法文课。

我下意识地去摸后衣兜，随即想到我的手机被没收了。于是我探身到安娜面前。她戴着两顶派对帽，正在吃一堆糖霜。"嗨，利亚在哪儿?"

"嗯。"安娜说，并没有对上我的目光，"就在这儿呀。"

"她在学校?"

安娜耸耸肩。

---

1 原文是法语 *C'était manifique*。

我尽量不想去为这件事担心，但我一整天都没见到她，第二天我也没有看到她。只是安娜说她就在学校。她的车也在停车场，这样一来，事情就更怪了。到了七点我们终于彩排完了，她的车还在停车场。我不知道发生了什么事。

我想要联系她。或许她给我发短信了，但我没看到。

也许她没发过。我不知道。真讨厌。

到了周四下午，在放学后和彩排前这段很短的时间里，我终于看到她从大厅附近的厕所里走出来。

"利亚!"我跑到她身边，给了她一个大大的拥抱。"你都跑去哪里了?"

她的身体在我的怀里僵硬无比。

我向后退了一步。"你还好吗?"

她看着我，眼睛像是要喷出火来。"我不想和你说话。"她向下拉拉T恤衫，双臂抱怀。

"怎么了?"我看着她，"利亚，出什么事了?"

"这该由你来告诉我。周五是怎么回事? 你、尼克，还有艾比，玩得开心吗?"

我一时间说不出话来。

"我不知道你想要我说什么。"我告诉她，"我是说，我很抱歉。"

"这道歉听起来是真够真心诚意的。"她说。

两个高一女生蹦蹦跳跳地从我们身边经过，又是尖叫，又是互相追逐着，用身体撞开门。我们都没说话。

"我很抱歉。"看到她们关上门，我马上说道，"我是说，如果你是为了尼克和艾比的事，那我不知道有什么可以对你说的。"

"是呀，确实是为了尼克和艾比。我是说……"她哈哈笑了，还直摇头，"随便吧。"

"什么？你是真想谈谈这事，"我问，"还是你只想说几句风凉话，不告诉我出了什么事？因为如果你只不过是想嘲笑我的话，说真的，你恐怕得排队才行。"

"可怜的西蒙。"

"你知道吗？算了吧。我现在要去彩排了，要是你没那么生气了，随时都可以来找我。"我转身走开，尽量不去在意哽在我喉咙里的硬块。

"好呀。"她说，"祝你开心。替我向你那两个永远的好朋友问好。"

"利亚。"我转过身，"求你了，别再说了。"

她轻轻摇摇头，抿着嘴唇，眨了几下眼睛。"我是说，无所谓。可下次你们几个决定不带我出去玩，"她说，"至少传几张图片给我。那样我好假装我依旧还有朋友。"

跟着她发出一声像是啜泣的声音，从我身边走过，走出大门。在整个彩排期间，我能听到的只有那个声音，一遍又一遍在我耳边回荡。

30

我回到家，却只想到别处走走，去哪里都行。只可惜我甚至连去遛狗都不行。我感觉很不安，有点不自在，也很不开心。

我讨厌利亚生我的气，很讨厌。我并不是说这种事很少发生，因为利亚总是说些夹杂着强烈情感的弦外之音，而我老是听不出其中的意思。然而，这次感觉很不一样，比平时糟糕很多。她在所有事情上都很较真儿。

而且，这是我第一次看到利亚哭。

我爸妈还在工作，诺拉又出去了，我只好吃奶酪三明治和奥利奥饼干做晚餐。晚上的时间我基本上是看着吊扇度过的。我没心情去做作业。反正明天就是首演之夜了，也没人指望我去做作业。我听着音乐，感觉很无聊，坐立不安，说实话，我还很痛苦。

九点左右，我爸妈走进我的房间，希望和我谈谈。那个时候，我还以为今天不可能有任何好转了。

"我能坐下吗？"我妈站在我的床尾说。我耸耸肩，她坐下，我爸则坐在写字椅上。

我把手放在脑袋下面，叹口气。"让我猜猜看，你们要说以后不许喝醉。"

"是。"我爸说，"不准喝醉。"

"知道啦。"

他们看看对方。我爸清了清喉咙。

"我欠你一声道歉，孩子。"

我抬头看着他。

"你周五说过的，就是拿同性恋开玩笑的事。"

"我是在说笑啦。"我说，"没事的。"

"不。"我爸说，"那样很不好。"

我耸耸肩。

"我就是想把这件事说清楚，不然我怕我忘了。我爱你，真的很爱你，不管怎么样，我都爱你。我知道，有个超酷的老爸，是件很炫的事。"

"呃哼。"我妈打断他。

"不好意思，是超酷的爸妈。重口味的、难对付的、赶时髦的父母。"

"噢，真了不起。"我说。

"可如果你需要，就阻止我们，好吗？阻止我。"他揉搓着下巴说。"我知道，因为我，让你觉得宣布出柜这事儿很难。我们为你骄傲。你很勇敢，孩子。"

"谢谢。"我坐了起来，靠在墙上，觉得现在是时候他们该弄乱我的头发，告诉我：美美地睡上一觉吧，孩子，不要太晚睡。

可他们并没有动。所以我说："谢谢，但这并不是我不愿意出柜的原因。"我父母又对视了一眼。

"我能问问是什么原因吗？"我妈说。

"我是说，没有什么具体的原因。"我说，"我只是不愿意必须得谈论这件事不可。我知道这是一件大事。我不知道该怎么说。"

"这是件大事吗？"我妈说。

"是。"

"对不起。"她说，"是因为我们，你才说这是件大事吗？"

"老天。你说真的？在你们看来，所有事都是大事。"

"真的吗？"她说。

"我喝咖啡、刮胡子、找女朋友，你们都觉得是大事。"

"这些事叫人很兴奋呀。"她说。

"没什么好兴奋的。"我说，"那就好像——我也说不清。不管我做了什么，你们都大惊小怪。这就好像，要是没人提醒，我就连袜子都换不了。"

"啊，"我爸说，"你想说的是，我们真的很叫人毛骨悚然。"

"没错。"我说。

我妈妈哈哈笑了起来。"听着，你没当过父母，所以你不可能明白。就好像——你的小宝宝出生了，过了一段时间，他开始做各种事情。我以前能看到你身上的细微变化，这真的很叫人着迷。"她悲伤地笑了，"而现在我忽略了很多事，一些细小的事。很难就这样放任不管。"

"可我已经十七岁了。你觉得我不应该改变？"

"你当然应该。我喜欢这样的你。这可是最叫人兴奋的。"她说着按了按我的脚趾头，"我只是想说，我希望我依旧能看着你一点点改变。"

我真的不知道该说什么。

"你们几个都长大了。"她继续说，"你们三个都是如此。你们都变了。我是说，就算是你们小时候，你们也会变。爱丽丝勇敢无畏，诺拉沉默寡言，你跟你爸长得很像。我是说，每个人都说你跟你爸简直一模一样。"

我爸笑了，我真的无言以对。我从来都没从这个角度想过我自己。

"我还记得第一次抱你时的情形。你的嘴巴那么小，吸住我的乳头——"

"妈妈。"

"那真是最不可思议的时刻了。你爸爸把你姐姐带进来，她总是说，'不要小弟弟！'"我妈笑了，"我无法把眼睛从你身上移开。我无法相信我们生了一个男孩，我们是他的父母。我想我们都习惯把自己当成女儿的爸爸妈妈了，所以感觉好像我们要去发现一个全新的事物。"

"很抱歉，事实证明我不是一个真正的男孩。"我说。

我爸把椅子一转，与我面对面。"你在开玩笑吗？"

"算是吧。"

"你是个很出色的男孩子。"他说，"你就像一个忍者。"

"谢谢。"

"你是我们的宝贝。"他说。

这时候，隐约传来前门开合的声音，还有狗爪子走过硬木地板的声音——诺拉回来了。

"听着，"我妈说，她又摸了摸我的脚，"我不想妨碍你，可你是不是可以迁就我们一下。如果可以，让我们知道你都做了什么，我们尽量不去大惊小怪，不去纠结不放。"

"这很公平。"我说。

"很好。"她说。他们又看看彼此，"我们有东西给你。"

"又想说我吃奶的奇闻逸事，叫我尴尬？"

"老天，你满脑子想的都是女人的乳房。"我爸说，"真不敢相信你是个同性恋。"

"你很风趣，老爸。"

"我知道。"他说。跟着，他站起来，从衣兜里拿出一个东西，"给你。"他说着把它扔给我。

是我的手机。

"禁足令还没有解除，但这个周末你可以获得假释。如果你还记得不去越矩，那明天演出结束，你就可以把笔记本电脑拿回房间。"

"我不会越矩。"我缓缓地说。

"那你就没什么可担心的了，孩子。"

可说来好笑，即便我不会越矩，我还是很紧张。兴奋、不安、紧张，全都一股脑儿挤在我心里。放学铃声一响，奥尔布赖特老师就让艾比、马丁、泰勒和其他很多人到音乐教室，再做一次声乐预热，而我们其余人就坐在礼堂的地板上吃比萨饼。卡尔跑来跑去，和技术人员一起忙里忙外。此时与一群高四女生坐在一起，我感觉很轻松。没有卡尔文·柯立芝、马丁·范布伦或其他与总统同名的男孩子。没有利亚用凌厉的眼神瞪着我。

表演七点开始，但奥尔布赖特老师希望我们六点就化好妆，穿好全套衣服。我提前戴上隐形眼镜，换好衣服，然后坐在女生更衣室里等艾比。她在五点半走进来，情绪显然有些异样，连招呼都没打。

我把椅子拉到她身边，看她化妆。

"你紧张吗？"我问。

"有一点。"她看着镜子涂睫毛膏。

"尼克今晚会来，对吧？"

"嗯。"

只回答几个字，很突兀。她像是在生气。

"等你弄好了，"我说，"能不能帮我变'辣'？"

"画眼线？好。稍等。"

艾比拿来她的化妆包，拉过椅子坐在我对面。这会儿，更衣室里只剩下我们两个了。她拿下眼线笔的笔帽，拉紧我的眼皮，我尽量一动不动。

"你怎么不爱讲话了？"过了一会儿，我说，"你还好吗？"

她没有回答。我感觉眼线笔划过我的睫毛边缘。沙沙。沙沙。沙沙。

"艾比？"我问。眼线笔被拿开了，我睁开眼睛。

"闭上。"她说。跟着，她开始画我的另一只眼睛。有一会儿，她都没说话。然后她说道："马丁是怎么回事儿？"

"马丁？"我问道，不由得心一沉。

"他把所有事都告诉我了。"她说，"但我想要听你说。"

我愣住了。所有事？什么意思？

"你说敲诈的事?"

"是呀。"她说,"好啦。睁开眼睛吧。"她开始画下眼睑,我很努力不去眨眼睛。"你为什么不告诉我?"

"因为,"我说,"我也不知道。我谁都没告诉。"

"你只想这么忍着?"

"我其实没有选择。"

"可你知道我不喜欢他,对吧?"她扣上眼线笔的笔帽。

"是,我知道。"

艾比向后靠,端详了我一会儿,跟着叹口气,又向前探身。"我接受不了这件事。"她说完便沉默下来。

"对不起。"忽然之间,我感觉让她理解变得非常重要起来,"我不知道该怎么做。他会告诉大家我是同性恋。我真不想帮他。我其实没怎么帮他。"

"是呀。"

"你知道的,就因为这样,他最后才会在轻博客上发那个帖子。因为我帮他帮得不够。"

"我知道。"她说。

她把眼线笔弄好,再用手指把我的眼线晕开。片刻之后,我感觉到她用柔软的化妆刷扫过我的脸颊和鼻子。

"好了。"她说,我睁开眼睛。她看看我,皱起了眉头。"你知道的,我只是想说,我知道你的处境很艰难,但你无权决定我和谁谈恋爱。和谁约会是我的自由。"她耸耸肩,"我认为你会理解这一点。"

我听到自己吸了一口气。"我很抱歉。"我垂下头。我是说,我恨不得找个地缝钻进去。

"好啦，就这样吧。"她耸耸肩，"我现在要出去了，好吗？"

"去吧。"我点点头。

"或许明天让别人给你化妆吧。"她说。

演出一切顺利。我是说，不仅仅是顺利而已。泰勒非常认真，马丁脾气暴躁，艾比是那么活泼有趣，好像我们并没有在更衣室里说过那些话。可在演出结束后，她就消失了，连再见也没说，我换下戏服的时候，尼克也走了。而且，我压根儿就不知道利亚有没有来过。

是的，演出很棒，我却愁云惨雾。

我在大厅见到了我爸妈和诺拉。我爸捧着一大束鲜花，活像是苏斯博士的书里的东西。显然就算我没有一句台词，我天生也是个当演员的料。在回家的路上，他们哼着歌，说泰勒的声音实在太棒，问我和戴假胡子的孩子是不是朋友，就是马丁。老天，这问题问的真不错。

一到家，我就拿走了我的笔记本电脑。老实说，我现在比以往任何时候都要迷茫。

我想，利亚为上周五的事生气没什么可惊讶的。我觉得她有点走极端，但我能理解，这全是我活该。可艾比呢？

老实说，艾比的事情来得很突然。我感觉很奇怪，因为我虽然为那么多事情感到内疚，却从没想过我有对不起艾比的地方。我就是个大傻瓜。因为不能强迫、说服或摆布一个人去喜欢另一个人。如果有人应该明白这一点，那一定是我。

我真是糟糕的朋友。不止糟糕，还很卑劣，因为我现在应该去请求艾比的原谅，可我没有。我只是忙着琢磨马丁都对她说了什么。因为听来他好像只提到了敲诈的事。

这可能表示他不愿意承认他就是小蓝，或者表示他根本就不是小蓝。一想到小蓝不是马丁，希望就在我心里升起，我有点喘不过气。

我依然心存希望。尽管我惹出了一堆乱子，尽管演了戏，尽管发生了这一切，尽管这个星期的事一桩接着一桩，我依然关心小蓝。

我对他的感觉就好像心跳——轻缓、持续不断，但是一切的基础。

我登录到雅克的邮箱。登录进去的时候，只听到"咔嗒"一声。这不是西蒙式的逻辑。这是无可争辩的客观事实：

小蓝发给我的每一封邮件都有时间标记。

放学后，他发了很多封邮件给我。在我彩排的时候，他发了很多封邮件给我。那表示马丁也在彩排，没时间写邮件，也没有无线网络。

小蓝不是马丁，也不是卡尔，是别人。

所以，我回到最初，回到八月的第一封邮件，从头看了一遍。看了标题，看了邮件里的每一个字。

我不知道他是谁。一点线索也没有。

可我想，我再次爱上了他。

31

发件人: hourtohour.notetonote@gmail.com

收件人: bluegreen118@gmail.com

日期: 1 月 25 日, 9: 27

主题: 我们

小蓝:

一整个周末, 我都在写邮件, 不停地删除、重写, 却还是没法表达出我的心里话。可我还是要写。于是就有了这封邮件。

我知道我有段时间没给你发邮件了。这几个礼拜过得怪异又艰难。

首先, 我要说: 我知道你是谁。

我是说, 我依旧不知道你叫什么, 或是你长什么样子, 其他事情我也不知道。可你必须要了解一点, 那就是我真的了解你。我知道你很聪明、风趣、谨慎、与众不同。你的观察能力很强, 善于聆听却不八卦。你思虑周详、注重细节, 总是说话得体。

我想我很喜欢我们能从里到外地了解彼此。

所以，我忽然想到，我花了很多时间去想你，重新读你的邮件，尝试让你开怀大笑。却花了太少的时间为你说明，找机会坦白我的心声。

显而易见，我不知道我在干什么，可我要说的是我喜欢你。不只是喜欢。我和你调情的时候，并不是在开玩笑，我说我想认识你，并不是因为我很好奇。我不会假装我能预见到结局，我并不知道是否仅凭电子邮件就能爱上一个人。可我真的很想见到你，小蓝。我想试试看。我想，一见到你本人，我一定会迫不及待地去吻你的脸。

我只是想要说出我的心里话。

今天周界购物中心的停车场有一场嘉年华会，九点结束。

不管结果怎么样，我都会在六点半到那里。希望能见到你。

爱你，

西蒙

32

我点击发送，尽量不去想这件事，但在去学校的路上，我坐立不安，脑袋昏昏的，甭提多紧张了。就算开最大音量听沙弗占·史蒂文斯的歌也无济于事——可能就是因为这个，人们才不会调大音量听沙弗占·史蒂文斯的歌。我的心里像是有只小鹿在乱撞。

我先是穿上戏装，又花了十分钟找隐形眼镜，随后才想到我一直戴着呢。然后，我变得和马丁一样烦躁不安——布里安娜花了很长时间给我画眼线。在鼓舞士气的讲话和开场的前奏曲渐渐响起的过程中，我满脑子想的只有小蓝。

我不知道自己是怎么完成演出的。老实说，我忘记了一半。

演出结束，大家互相拥抱，感谢观众，感谢工作人员，感谢管弦乐队，场面很是壮观。所有高四的学生都得到了玫瑰，卡尔收到了一束玫瑰，奥尔布赖特老师的玫瑰则打破了纪录。我爸说这是泪洒舞台，大家搂搂抱抱，太煽情了。我并没有怪他。

我想到那时候奥尔布赖特老师拼了命要让那些白痴停课，把这当

227

成她毕生的任务。她还很生气，态度非常坚决，"砰"一声把手册摔在后台的那把椅子上。

我真希望我有给她买一束花、一张卡片或是冠状头饰。我不知道。反正就是能送她一样东西就好了。

跟着，我们必须换好衣服，撤掉布景。所有的一切都像是需要没完没了的时间。我从来不戴手表，可我一遍又一遍地把手机拿出来看时间。17:24。17:31。17:40。我的每一个细胞都在充满期待地呐喊，躁动不已。

我六点出发。外面很暖和。我是说，对于一月的天气而言，算是很暖和了。我希望不要那么兴奋，因为谁知道小蓝在想什么，谁又知道我把自己推到了什么样的境地。可我控制不了自己。我只是感觉很棒。

我一直在想我老爸说过的话：你很勇敢，孩子。

也许的确如此。

嘉年华会基本上就是我们的庆功宴，大家都是从学校直接开车到购物中心。只有我除外。我趁天亮时开车回了一趟家。因为我才不在乎现在是不是一月。我需要那件 T 恤。

T 恤就在我的枕头下面，柔软、洁白，叠得很整齐，上面有黑红色的螺旋图案，前襟上印着艾略特的图像。除了手之外，其余都是黑白的。我飞快地穿上 T 恤，抓起一件开襟毛衣套在外面。此时此刻，我必须快点行动，才能在六点半赶到。

只是在我的肩胛骨之间的部位有个很硬的东西，而那个部位怎么抓都抓不到。我把手从边缘伸进去，向上够。原来是衣服上贴着一张纸。

我抓住纸，把它拉出来。

又是一张写在蓝绿色图画用纸上的纸条，一上来是一段附言。我看着纸条的内容，手有些颤抖。

> 又，我爱你的笑，就好像你并没有意识到你在笑。我爱你永远是一脸睡相。我爱你与别人对视的时间比你需要的还要久一点点。我爱你那双月灰色的眼睛。所以，如果你觉得我不喜欢你，西蒙，那你肯定是疯了。

在这段话下面，他写了他的电话号码。

麻刺感从我胃下面的一个点向外蔓延——我感觉被什么东西紧紧揪着，几乎难以忍受却很奇妙。我从来都没有这么强烈地感受到我的心跳。小蓝流畅地写了那么多遍"爱"这个字。

现在我可以给他打电话，立即就能知道他是谁。

可是，我想我不会打这个电话。现在不会。因为我知道，他在等我。等着与我相见。这表示我必须去购物中心。

我快七点才赶到，我真恨我自己迟到了。天已经黑了，嘉年华会上却人声鼎沸，到处都是灯光，非常热闹。我喜欢嘉年华会。我喜欢一月的停车场可以变成夏日里的科尼岛。我看到了卡尔、布里安娜和其他几个高四的学生站成一排，等着买票，我向他们走过去。

天太黑了，我很担心。我当然很担心小蓝虽然来了，却已经走了。只是当我都不知道我在找谁的时候，是不可能知道这些的。

我们都买了很多票，坐遍了游乐设施。这里有摩天轮、旋转木马、碰碰车，还有太空飞船。我们还蜷着腿坐了儿童火车。跟着，我们都买了热巧克力，坐在货摊附近的马路上喝。

我看着路过的每一个人，每次有人低头朝我看过来，我的心都狂跳不已。

我看到艾比和尼克坐在游乐设施前面，他们牵着手，正在吃爆米花。尼克的脚边摆着一大堆毛绒玩具。

"这些不可能是他赢给你的。"我对艾比说。我向她走过去时甭提多紧张了。我不肯定她愿不愿意和我说话。

可她抬头对我笑笑。"当然不是，是我赢给他的。"

"在那个娃娃机上赢的。"尼克说，"她真的很牛。我觉得她要诈。"他从侧面用手肘捅了捅她。

"随便你怎么想。"艾比说。

我哈哈笑了，感觉很不好意思。

"过来和我们一起坐吧。"她说。

"你确定？"

"是的。"她向尼克那边挤了挤，给我腾出地方。跟着，她把头在我肩上靠了一会儿，小声说："对不起，西蒙。"

"你是在取笑我吗？该道歉的是我。"我说，"对不起。"

"嗯，我想过了，你被人敲诈了，所以我当然不会怪你。"

"真的吗？"

"是呀。"她说，"在我很开心的时候，我是不可能一直生气的。"

我看不到尼克的脸，可他用运动鞋尖轻轻踢了踢她的芭蕾平底鞋。他们似乎向彼此更靠近了一些。

"你们两个可真够肉麻的。"我说。

"可能吧。"尼克说。

艾比看看我说："这就是那件 T 恤衫?"

"什么?"我问道，脸突然红了。

"就是为了它，有个喝多了的人叫我开了那么大老远的车回去拿。"

"啊。"我说，"哈哈。"

"我想这背后有一段故事吧。"

我耸耸肩。

"这是不是和你一直在找的那个人有关?"她问，"是个男生，对吧?"

我几乎说不出话来。"我在找的那个人?"

"西蒙。"她说着拉住我的手臂，"很明显你是在找人。你瞧你，到处看。"

"噢。"我说着用手捂住脸。

"浪漫一下很不错啊。"她说。

"我一点也不浪漫。"

"这倒是真的。"艾比哈哈笑，"我忘了，你和尼克都觉得浪漫不值一提。"

"等等，我怎么啦?"尼克问。

艾比靠在他身上，却抬头看着我。"喂，我希望你能找到他，好吗?"她说。

好。

只是转眼到了八点半，我还是没有找到他。或者说，他没有找到我。

真不知道该说什么才好了。

他喜欢我。我是说，那张纸条里就是这么说的。可惜的是那张纸条是两个星期前写的。这可真是要了我的命。两个星期了，那件 T 恤衫一直放在我的枕头下面，我都不知道里面夹着什么。我知道我说过了，可我还要说，我真是个超级大傻瓜。

我是说，过了两个星期，他对我的心意可能变了。

再过半个小时，嘉年华会就要结束了，我的朋友们早就回家了。我也该走了。可我还有几张票，我把大部分票都用在了游乐场上，只剩下最后一张去玩旋转椅。我觉得那是我最后一个可能找到小蓝的地方，所以，整个晚上我都没有去过那里。

没人排队了，我直接坐在旋转椅上。旋转椅上有几个金属舱，舱盖是半球形的，中间有个金属方向盘，控制它，就可以让金属舱旋转起来。旋转椅本身就转得特别快，让你晕头转向。也许旋转椅的目的就是要让你的脑袋变空空。

座椅上只有我一个人，我系紧安全带。两个女孩子挤进我旁边的金属仓，管理员走过去拉上门栓。其他金属舱几乎都是空的。我向后靠，闭上眼睛。

跟着，有人坐到我身边。

"我能坐在这里吗？"他问，我猛地睁开眼睛。

是可爱的布拉姆·格林菲尔德，他有一双温柔的眼睛，橄榄球运动员健壮的小腿。

我松开安全带，让他坐进来。我对他笑笑，不对他笑是件不可能办到的事情。

"我喜欢你的 T 恤衫。"他说。他看起来有点紧张。

"谢谢。这是艾略特·史密斯。"

管理员走到我们身边，拉下护栏，把我们锁在里面。

"我知道。"布拉姆说，他的声音有些异样。我缓缓地转身看着他，他那双棕色的眼睛瞪得大大的。

一时间我们都没说话。我们依旧看着彼此。我此时的感觉就好像一根被拉得紧紧的线。

"是你。"我说。

"我知道我迟到了。"他说。

跟着，只听"咔嗒"一声，金属舱随之一颤，音乐声响起。有人开始尖叫，随后哈哈笑，旋转椅启动了。

布拉姆紧紧闭着眼睛，下巴收紧。他一声不吭，用手捂着鼻子和嘴。我用两只手紧紧抓住金属方向盘，不让它动弹，可它总是顺时针旋转。这就好像旋转椅自己很愿意旋转似的。它转呀转呀。

"对不起。"旋转椅终于停下来的时候，他说。他的声音细细的，很紧绷，依旧闭着眼。

"没事。"我说，"你还好吗？"

他点点头，吁出一口气，说："我过会儿就好了。"

我们走下金属舱，坐到路边。他向前探身，把脑袋夹在膝盖之间。我坐在他身边，感觉很尴尬，有点紧张，像是喝醉了一样。

"我刚刚才收到你的邮件。"他说，"我还以为我肯定见不到你了。"

"真不敢相信竟然是你。"我说。

"是我。"这会儿，他慢慢睁开眼睛。"你真不知道？"

"完全没想到是你。"我看着他的侧脸。他的嘴唇微微碰触在一起，仿佛最轻微的触碰都能让它们张开。他的耳朵有点大，颧骨上有两个雀斑。我从没注意到他的睫毛那么长。

他扭头看着我，我飞快地移开目光。

"我还以为我的身份太明显了。"他说。

我摇摇头。

他望着前方。"我是希望你能猜出来的。"

"你为什么不直接告诉我？"

"因为……"他的声音有些颤抖。我真想摸摸他。老实说，我这辈子还从未有过这么强烈的渴望。"因为，如果你一直以我为目标寻找的话，我想你会自己猜到。"

我真不知道该怎么回答。我不知道这是不是真的。

"可你从没给过我线索。"我终于说道。

"我给了。"他笑着说，"我的电子邮件地址就是。"

"bluegreen118。"我说。

"bluegreen 就是我的名字布拉姆·路易斯·格林菲尔德（Bram Louis Greenfeld）的缩写。118 是我的生日。"

"老天，我真是个大笨蛋。"

"不，你不是。"他轻声说。

可我是，我是个大笨蛋。我一直以为他是卡尔。我一直都以为小蓝是个白人。我真想打我自己两巴掌。白人不是默认标准，就好像异性恋不该是默认标准一样。根本就不该有默认标准。

"对不起。"我说。

"为什么说对不起?"

"因为我没认出你。"

"我期待你能猜出来,其实是很不公平的。"他说。

"可你猜到我了。"

"是呀。"他说着低下头,"我很久以前就猜到了。只是我以为那是我一厢情愿而已。"

一厢情愿。

我想这表示布拉姆希望那个人是我。

我感觉心中一阵绞痛,大脑有些混乱。我清清喉咙。"我想我不该提到我的英文老师。"

"就算不说也没用。"

"哦?"

他轻轻地笑了,把脸转过去。"你说话的语气和写邮件的一模一样。"

"不可能。"

我咧开嘴笑了。

远处,他们开始关闭游戏设施,关掉电灯。漆黑精致的摩天轮散发出神秘的美感。在嘉年华会的那一边,百货公司门口的灯已经关了。我知道我爸妈正等着我回家。

我靠近布拉姆,我们的手臂几乎贴在一起,我能感觉到他微微扭动了一下身体。我们的小指大概只隔着一英寸,感觉好像我们之间有暗潮涌动着。

"但总统是怎么回事?"我问。

"什么?"

"和一位前总统同名呀。"

"哦,"他说,"亚伯拉罕。"[1]

"噢噢。"

我们安静了一会儿。

"真不敢相信你会为我坐旋转椅。"

"说明我对你肯定是真心的。"他说。

我向他靠过去,一颗心就快从喉咙里跳出来了。"我想牵你的手。"我小声说。

因为我们是在大庭广众之下。因为我不知道他是不是要宣布出柜。

"那就牵吧。"他说。

我拉住了他的手。

---

1 布拉姆(Bram)是亚伯拉罕(Abraham)的缩写。

33

在周一的英文课上，我一眼就看到了布拉姆。他坐在沙发上，挨着加勒特，穿一件带领 T 恤衫，外面套了件毛衣，他太可爱了，光是看着他，我都觉得开心。

"嗨，嗨。"我说。

他笑了，像是一直在等我，他给我挪了点地方。

"斯皮尔，周末的演出真棒。"加勒特说，"真的很有意思。"

"我不知道你去看了。"

"格林菲尔德拖我去了三次。"他说。

"真的吗？"我说着对布拉姆灿烂地笑了，他也对着我笑了。我头昏昏的，有点喘不上气，像是浑身要散架了。我昨晚一夜没睡，一秒钟都没。我想象这一刻都想了十个钟头，现在这一刻终于到来了，我却不知道该说什么。或许我该说些叫人印象深刻的话，有趣但与学校的事情无关。

或许我说不出这样的话。

"你看完这一章了吗？"我说。

"看完了。"

"我还没有。"

跟着，他笑了，我也笑了。我脸红了，他低下头，活像是我们在表演只有紧张动作的哑剧。

怀斯先生走进来，开始大声朗读《觉醒》，我们本来应该随着他念的内容看我们的课本。只是我真的没这个心情。我从没像现在这样心不在焉。于是我靠过去和布拉姆一起合着看，他向我这边挪了挪。我真的习惯了我们之间的每一点接触。这就好像我们的神经末梢找到了办法穿透衣服，彼此贴合在一起。

布拉姆向前伸出腿，把膝盖挨着我的膝盖。这表示我在这节课剩下的时间里会只顾着盯着布拉姆的膝盖。他的牛仔裤上有个地方磨损了，牛仔布纤维之间隐隐可以看到一点点他的棕色皮肤。我唯一想做的事情就是摸摸那里。跟着，我发现布拉姆和加勒特全都看着我，这才意识到我的叹气声太大了。

下课后，艾比搂住我的肩膀，说："我以前可不知道你和布拉姆是那么好的朋友。"

"嘘。"我的脸颊滚烫滚烫的。艾比从来不会错过任何一个细节。

我还以为我在吃午饭的时候才能见到他，可在午饭之前，他奇迹般地出现在我的衣帽箱边上。"我想我们应该去个地方。"他说。

"出学校？"

严格说来，只有高四的学生可以出校，但保安并不知道我们不是高四的。于是我开始想象。

"你以前也出过校吗？"

"没有。"他轻轻地和我对了一下指尖，不过只有一瞬间而已。

"我也是。"我说，"好吧。"

我们从侧门出了学校，穿过停车场，尽可能表现得从容不迫。早上下了一两个小时的雨，这会儿很冷。

布拉姆开的那辆本田思域很旧，但坐起来很舒服，也很整洁。我们一上车，他就开了暖风。一根辅助线缆从点烟器延伸出来，连接在iPod上。他让我选歌。我不肯定布拉姆是否知道，他把他的iPod交给我，就好像把连接他灵魂的窗口交给了我。

iPod里的歌很棒。有很多经典歌曲和比较新的嘻哈音乐，蓝草音乐也很多。还有一首很另类的贾斯汀·比伯的歌。每张专辑和歌手都是我在邮件中提到过的，无一例外。

我想，我恋爱了。

"我们去哪里?"我问。

他看了我一眼，对我笑了。"我有个好主意。"

我向后靠在头靠上，翻找着布拉姆的音乐列表。在暖风的吹拂下，我的手指变灵活了。又下起了雨，我看着雨水逐渐变细，变成对角线划过车窗。

我选定了歌，按下播放键，奥蒂斯·雷丁的声音轻轻地从扬声器中传了出来。《尝试一点温柔》。"我调大音量。

跟着，我摸摸布拉姆的手肘。"你真安静。"我说。

"现在还是平时?"

"都很安静。"

"有你在，我就很安静。"他笑着说。

我也笑了。"我是其中一个让你舌头打结的可爱的人吗？"

他紧紧抓住方向盘。

"不是其中之一，只有你。"

他开进距离学校不远的一个购物中心，把车停在大众超市前面。

"要去买东西？"我问。

"算是吧。"他说着微微一笑。神秘的布拉姆。我们用手捂住头，在雨中狂奔。

我们走到灯光明亮的入口，我的手机便在裤袋里震动起来。一共有三条短信，都是艾比发来的。

你来吃午饭吗？

你去哪儿了？

布拉姆也不见了。真奇怪。：）

不过布拉姆就在这里，拿着一个购物篮，一头卷发湿漉漉的，双眼很明亮。"距离午饭时间结束还有二十七分钟。"他说，"或许我们应该分开行动。"

"我马上照办。老板，我该去哪里？"

他叫我去乳制品货区买一品脱[1]牛奶。

"那你买了什么？"我们在收银台汇合的时候我问道。

"午饭。"他说着把购物篮侧过来给我看。里面有两杯迷你奥利奥

---

1 1品脱约合473.8毫升。

饼干和一盒塑料勺子。

我真想在收银台前面亲他一下。

他坚持由他来付账。雨越下越大，可我们一路冲进车内，气喘吁吁地坐下，用力关上门。我用T恤衫把眼镜擦干。跟着布拉姆启动车子，暖风立即传出，唯一的声响便是雨水落在车窗上的滴答声。他低头看着他的手，我能看到他在笑。

"亚伯拉罕。"我说，我的胃下面传来轻轻的疼痛感。

他看向我。

大雨像是一道帘子似的落下来，这也许是最好的。因为，忽然之间，我把身体探过变速杆，把手搭在他的肩膀上，尽量维持呼吸。我能见到的只有布拉姆的唇。就在我吻上去的那一刹那，他的唇轻轻地启开了。

我无法形容那个吻。一切都是那样安静，我们的唇贴合在一起，有节奏地呼吸着。一开始，我们的鼻子老是碰到一起，可跟着我们解决了这个问题，我意识到自己还睁着眼睛，便连忙闭上。他用指尖不停地抚摸我的颈背，非常温柔。

他停顿了一下，我睁开眼睛，他笑了，我也对他笑。跟着，他靠过来又吻了我，他的吻甜蜜到了极点，像羽毛一样轻柔。太完美了。太像迪士尼的动画片了。我好像不再是我了。

十分钟后，我们手牵着手，吃奥利奥奶糊，这顿午饭太完美了。奥利奥饼干比牛奶还要多。我都忘记还有勺子了，可他记得，他当然记得。

"现在该怎么办？"我问。

"我们可能该回学校了。"

"不是，我是说我们。我不知道你有什么打算。我不知道你是不是准备好出柜了。"我说，可他用拇指连续揉搓我掌心里的纹路，搞得我心猿意马。

他停下拇指的动作，看着我，跟着与我手指相缠。我向后靠，把头探向他。

"如果你完全投入，那我也是。"他说。

"完全投入？以什么样的身份？男朋友？"

"是呀，如果你愿意的话。"

"我愿意。"我说。我的男朋友，他有一双棕色的眼睛，语法一级棒，还是橄榄球明星。

我情不自禁地笑了。不过，有些时候，除了笑，还有很多事要做。

那天晚上 8:05 分，布拉姆·格林菲尔德在"脸书"上不再是单身，这可是自打互联网诞生以来发生过的最棒的事。

8:11 分，西蒙·斯皮尔也不再是单身。这条信息收获了大约五百万个赞，艾比·苏索秒回，她这么说：赞，赞，赞。

下面是爱丽丝·斯皮尔的留言：等等，什么？

第三条留言还是艾比·苏索的：给我打电话！！

我给她发短信，告诉她我明天会详细讲给她听。我想，今晚我要一个人待着。

不过我给布拉姆打了电话。我是说，我简直无法相信我昨天才拿到他的电话号码。他立即就接听了。

"嗨。"他说，语速很快，语气很轻。好像这个词属于我们两个。

"我们今晚在'脸书'上公布了重磅消息呢。"我向后躺在床上。

他轻声笑了。"是呀。"

"那我们接下来该怎么办？保持放松？还是发亲吻的自拍？"

"自拍吧。"他说，"不过一天只要几十次就好了。"

"我们每周都要计算我们恋爱几天了。就定在每周日吧。"

"很好，每周一都要计算距离我们第一次接吻过了多少天。"

"每晚都发几十个帖子说我们有多想念对方。"

"不过我真的很想你。"他说。

我想说，天哪，我这个礼拜还要禁足，真是要人命。

"你现在在干什么？"我问。

"这是邀请吗？"

"我希望是。"

他哈哈笑了。"我坐在书桌边，看着窗外，和你说话。"

"和你的男朋友说话。"

"是呀。"他说，我能听到他在笑，"男朋友。"

"好吧。"艾比走到我的衣帽箱边上对我说："我都快受不了啦，你和布拉姆之间到底发生了什么事？"

"那个……"我看着她笑了，感觉脸颊发烫。她等着我说。我耸耸肩。我真搞不懂为什么说起这件事会这么奇怪。

"噢，老天，看看你。"

"什么？"我问。

"你脸红啦。"她捏了捏我的脸,"不好意思,可你真是太可爱了,受不了了。快走吧你。别停,一直走。"

我和布拉姆一起上了英文课和代数课,也就是说,我用两个小时充满渴望地盯着他的嘴,用五个小时充满渴望地想象他的嘴。我们没吃午饭,而是偷偷溜进了礼堂,看到舞台上没有《雾都孤儿》的道具,感觉怪怪的。学校的才艺表演会在周五,已经有人在幕布前面挂起了闪亮的金色流苏。

剧场里只有我们两个人,感觉这里很大,于是我拉住布拉姆的手,拉着他走进男生更衣室。

"啊哈。"他在我拉上门闩的时候说,"这是一扇有锁的门。"

"是呀。"我说,跟着吻了他。

他用手扶住我的腰,把我拉得更近。他只比我高几英寸,身上有股多芬香皂的味道,对于一个昨天才第一次接吻的人而言,他的唇真的是充满了魔力。柔软,甜蜜,缠绵。他的吻像是艾略特·史密斯的歌。

然后,我们拉出椅子,我把我的椅子摆在他的椅子旁边,把腿横跨在他的大腿上。他拍打着我的小腿,我们开始聊了起来。小胎儿现在长到红薯这么大了。弗兰克·奥申是同性恋。

"啊,猜猜看谁很明显是个双性恋?"布拉姆说。

"谁?"

"卡萨诺瓦?"

"该死的卡萨诺瓦?"

"我说真的。"他说,"这是我爸说的。"

"你是在告诉我,"我说着吻了他的拳头一下,"你爸爸告诉你,卡萨诺瓦是双性恋。"

"听到我宣布出柜之后，他就是这么说的。"

"你爸爸真是个奇人。"

"奇就奇在特别叫人尴尬吧。"

我爱死了他的苦笑。我喜欢看到他和我在一起时很放松。我是说，我喜欢他所有的一切。他向前探身抓了抓脚踝，我的心抽了一下。哦，还有他颈背上的古铜色皮肤。

所有的一切。

我晕晕乎乎地过完了这一天剩下的时间。我满脑子想的都是他。一回到家，我就给他发了短信。"太想你了。"

我是说，我是想逗他开心，绝大程度上而言是这样。

他立刻就回了我的短信。"恋爱两天快乐！"

看了这个，我坐在餐桌边不由得笑了。

"心情不错呀。"我妈牵着比伯走进来说。

我耸耸肩。

她好奇地看着我，笑了笑。"好吧，我并不想让你觉得必须谈谈这件事，我只是说说而已，如果你想……"

我妈的职业开场白。

我听到有车开进车道。"诺拉回家了?"我问。说来也怪，我已经习惯她在晚饭前才回家。

我向窗外看去，再次确认。我是说，诺拉是回家了。可那辆车，那个开车的人。

"是利亚吗?"我问，"开车送诺拉回来的是利亚?"

"看起来很像。"

"是她，我要出去一趟。"

"不行。"她说，"抱歉，你还在禁足。"

"妈妈。"我说。

她耸了耸肩，摊了摊手。

"别这样，求你了。"我看到诺拉正在打开车门。

"好吧，不过我有个条件。"她说。

"是什么？"

"我可以同意你出去一个晚上，但你要让我看十分钟你的'脸书'。"

老天。

"五分钟，而且我要在场。"

"成交。"她说，"可我想看看你的男朋友。"

好吧，我亲爱的姐姐和妹妹中至少有一个出卖了我。

可眼下最重要的是利亚。我冲出大门。

诺拉扭过头看着我，显得很惊讶。我气喘吁吁地从她身边经过，跑到乘客门边。利亚还没来得及反对，我就拉开门，坐了进去。

布拉姆的车是旧，而利亚的车就像上世纪的遗物。我是说，她车里的音乐播放机还是放磁带的，车窗还是手摇的。仪表板上摆着一排毛绒卡通人物，脚下总是布满了废纸和空可乐瓶。

我其实很喜欢利亚的汽车。

利亚不可置信地看着我。我是说，她一直在瞪着我。"从我的车上下去。"她说。

"我想和你谈谈。"

"但我不想和你谈。"

我"咔嗒"一声系好安全带。"送我去华夫餐馆。"

"你在开玩笑吧。"

"没有。"我向后靠在座位上。

"这么说你是在劫我的车喽?"

"嗯,我想是的。"

"简直不敢相信。"她摇摇头。可片刻之后,她还是启动了车子。她目视前方,嘴巴抿成一条线,一个字都不和我说。

"我知道你在生我的气。"我说。

没反应。

"那次去市中心的事,我向你道歉,真的很对不起。"

依旧没反应。

"你能说点什么吗?"

"到了。"她停好车,停车场里几乎是空的。"你可以去买该死的华夫饼了。"

"你和我一起去。"我说。

"不要。"

"那就不要好了。你不去,我也不去。"

"那就不是我的问题了。"

"很好。"我说,"那我们就在这里谈好了。"我解开安全带,扭头看着她。

"没什么可说的。"

"什么? 就这样? 我们不再是朋友了?"

她向后一靠，闭上眼睛。"或许你应该去找艾比哭诉。"

"是吗？你到底是为什么看她不顺眼？"我尽量不抬高声音，可我还是不由自主地喊了起来。

"我没有看她不顺眼。"利亚说，"我只是不明白我们为什么突然和她成了好朋友。"

"首先因为她是尼克的女朋友。"

利亚猛地转过头看着我，活像是我刚才给了她一巴掌。

"太对了，你就把话题往尼克身上扯吧。"她说，"我们可以他妈的假装忘了你也喜欢她这件事。"

"你在取笑我吗？我是弯的！"

"你就是被她迷住了。"她喊道，"她是升级版的。"

"什么？"

"女闺蜜！比我漂亮，比我性格好。"

"老天，你真可爱。"

她笑了起来。"好吧。"

"说真的，别再这样了。我真是受够了。"我看着她，"她不是升级版的，你是我最好的朋友。"

她哼了一声。

"你们两个，还有尼克，你们三个都是。"我说，"但你是不可取代的，你是利亚。"

"那你为什么把你是同性恋这事先告诉她？"她说。

"利亚。"我有点无奈地看着她。

"算了，我没有权利说三道四。"

"别再这么说了，你可以这么做。"

她安静下来，过了一会儿说："我也不知道自己该怎么说。尼克喜欢她是明摆着的事儿，这没什么可惊讶的。可你先告诉她，这就好像——反正就是出乎我的预料。我还以为你很相信我。"

"确实如此。"我说。

"显然你更相信她。"她说，"这挺意外的，毕竟你才认识她多久？六个月？你都认识我六年了。"

我不知道该说什么。我的喉咙里像是卡了一个硬块。

"随便吧。"她说，"我没资格，你知道的。那是你自己的事。"

"那个，"我吞了口口水，"因为告诉她比较容易。但这与更信任她还是更信任你没关系。你根本不知道。"我感觉眼睛有些刺痛，"是呀，我和你认识很久了，认识尼克更久。你们两个比任何人都了解我。你们太了解我了。"我说。

她抓住方向盘，不看我的眼睛。

"我是说所有的一切，你们知道我的一切。狼 T 恤、蛋筒饼干、'嘣嘣嘣'。"

她咧开嘴笑了。

"我和艾比之间没有这样的历史。这样一来，事情就更容易了。我在很大程度上变了，我到现在依旧在适应中。我不知道如何才能控制这些变化，我如何才能掌控，这就好像一个全新的我。我只是需要一个人鼓励我。"我叹口气，"可我真的很想告诉你。"

"好吧。"

"因为这件事很难启齿。"

我盯着方向盘。

"我明白了。"她终于说话了，"这就好像你和一摊屎相处的时间越久，你就越难与它谈论事情。"

我们都沉默了一会儿。

"利亚?"

"嗯?"

"你爸爸怎么了?"我的呼吸变得急促起来。

"我爸爸?"

我扭头看着她。

"啊，那可是个有意思的故事了。"

"是吗?"

"嗯，也不完全是。他在工作的地方和一个十九岁的性感少女勾搭上了，然后就走了。"

我看着她，"利亚，真对不起。"

六年了，我都没问过这个问题。

老天，我真是个笨蛋。

"别再那样眨眼睛了。"她说。

"怎么了?"

"你敢哭个试试看。"

"什么? 我才不会哭。"

就在我说完这句话的那一刻，我失控了，号啕大哭起来。

"你真是个笨蛋，斯皮尔。"

"我知道!"我趴在她的肩膀上。她那杏仁香味的洗发水闻起来特别熟悉，"我真的很爱你，你知道吗？我为所有事情向你道歉。我为艾比的事向你道歉。反正就是我对不起你。"

"算了。"

"真的，我爱你。"

她吸吸鼻子。

"利亚，你的眼睛里是什么？"

"什么都没有，闭嘴。你的眼睛里才有东西。"

我擦擦眼泪，笑了起来。

34

发件人：marty.mcfladdison@gmail.com

收件人：hourtohour.notetonote@gmail.com

日期：1 月 29 日，17：24

主题：我知道说对不起远远不够

嗨，斯皮尔：

我想你恨透我了吧，发生了这么多事，这完全可以理解。我甚至都不知道该从何说起，所以我想，我还是先道歉吧。不过我也知道，"对不起"这三个字根本无济于事，或许我应该亲自向你道歉，可你大概都不愿意看我，所以我想还是写邮件好了。

我一直在想我们在停车场说的话，你说我侵犯了你的权利。我真的感觉我深深地伤害了你。我以前从没注意过那些，直到你告诉我。我无法相信我对你做了那样的事，所有事。敲诈，你说对了，我其实就是在敲诈。还有轻博客上的帖子。不知道你注意到了没有，在管理员处理之前，我就删除了那个帖子。我知道这不能改变什么，可我想我希望你知道这件事。对于整件事，我很内疚，感觉很难过，我甚至不会请你原谅我。我只是想要你知道我有多抱歉。

我不知道该怎么解释。我试着解释，不过听起来会很傻，这主要是因为的确很傻。首先你该知道一件事，我没有同性恋恐惧症，我真认为同性恋很棒，很正常，反正无论你喜欢什么我都会认同。

我大哥在夏天回乔治城大学上学之前宣布出柜了，这对我们一家人来说是件很大的事情。我爸妈要把这件事变成一件很美妙的事情，所以现在我家就好像同性恋理想国。这真的很怪，因为卡特根本就不在家，而且，就算他在家也从未要求我们这么做。我和我父母今年参加了"同性恋骄傲大游行"，他并没有参加，我给他讲了这件事，他说："嗯，好呀，很酷。"像是我们做得太过了。或许是有点过了。这件事发生在我登录你的邮箱前的那个周末。我想我进入了一个奇怪的境地。

不过我可能只是在找借口，因为这可能全是因为我喜欢上一个女孩子，追不到人家又感觉很绝望。看到一个像艾比这样的女孩子搬到这里来，偏偏和你成了朋友，而你已经有这么多朋友了，我就很嫉妒，我觉得你可能觉得这没什么大不了的。我不是想要侮辱你。我只是想说，你做什么事情都轻而易举，你应该知道你其实有多幸运。

我不知道我说的这些话有没有意义，你可能只看了几眼就不看了，我只是说出了我的心里话而已。不管怎样，我真的很抱歉。而且，现在大家都说你和布拉姆·格林菲尔德在一起了，而且很幸福，我希望你知道，我真的很为你高兴。这是你应得的。你是个很棒的人，斯皮尔，能认识你是我的荣幸。如果能重来一次，我会敲诈你，让你成为我永远的朋友。

　　我说的都是真心话。

马迪·艾迪森

35

才艺表演会七点开始，我和尼克到的时候，他们刚好把照明灯调暗。布拉姆和加勒特应该坐在后面靠中间的位置，并且留了两个座位。我立即就看到了他。他一直向后转头看大门的方向，一看到我，他就笑了。

我们坐下，我坐在布拉姆身边，尼克和加勒特坐在我们两边。"那是节目单吗？"尼克向我探过身来问。

"是的。想看吗？"加勒特问，然后传过来一张已经有些磨损的纸筒。

尼克浏览节目单，我知道他是在找艾比。

"我敢打赌她要么是第一个，要么就是最后一个。"我说。

他笑了。"倒数第二个。"跟着照明灯熄灭了。

随着舞台灯亮起，观众的掌声渐渐停止，学生会的麦迪走到麦克风前。我又靠近布拉姆一点点。周围很黑，我把一只手放在他的膝盖上。他把手指和我的手指交缠在一起，我能感觉到他的身体轻轻地动了一下。跟着，他把我的手举起来，吻着我的手掌边缘。

他停下，就这么举着我的手。我感觉肚脐下面传来一种紧紧揪着的感觉。

跟着，他把我们交缠在一起的手放回他的腿上。如果有男朋友就是这种感觉，我不知道我为什么要等这么久。

在舞台上，一个女孩子下去，又一个女孩上来。全都穿着短裙，唱阿黛尔的歌。

终于轮到艾比了，她从舞台侧面走到中央，把一个小小的黑色谱架拖到舞台边缘。我看向尼克，但他没有看我。他全神贯注地盯着前面，坐得笔直，嘴角挂着笑容。一个金发高二女生拿着小提琴和乐谱走上台。跟着，她把小提琴夹在下巴下面，看看艾比。艾比冲她一点头，重重吸了口气。小提琴手开始演奏。

是《一次又一次》，但听来有些不同寻常，几乎有些悲伤。艾比的动作传达出每一个音符。我从未见过有人跳独舞，只在犹太受戒礼的时候，人们围成一圈，好炫耀的人尴尬地跳来跳去。一开始，我没有任何参照标准。要是看很多人一起跳舞，还可以看他们跳得是否整齐。可艾比控制着她自己的每一个动作，而且，每个动作都显得那么含义丰富，从容不迫，而且是那么真实。

我不由自主地看着正在观看舞蹈的尼克。在整支舞的过程中，他一直捂着嘴笑。

艾比和小提琴手表演完毕，观众席中爆发出热烈的掌声，人们在台上布置最后表演的布景时，幕布拉开了一部分。可以看到他们搬出了一套架子鼓，我想大概是乐队表演。麦迪拿着麦克风，说了好多向学生会捐款的办法。他们接通乐器的电源，测试乐器，幕帘后面传出了弦音和隆隆声。

"下面是谁表演？"我问尼克。

他看看节目单。"表情符号乐队。"

"真可爱。"

幕布掀开，五个女孩子坐在乐器边上，我注意到的第一件事就是色彩。她们都穿着不同图案的衣服，颜色特别亮丽，有种奇怪的朋克音乐风格。然后，鼓手敲出一连串的鼓点，拉开了演出的序幕。

这个时候，我才注意到鼓手竟然是利亚。

我说不出话来。她的头发垂在肩上，两只手飞快地移动着。随后，其他乐器也加入进来，摩根弹电子钢琴，安娜弹贝斯，泰勒是主唱。

我妹妹诺拉负责主音吉他，她看起来放松且自信，我几乎有些认不出她了。我是说，我真的是大吃一惊。我甚至都不知道她又开始弹吉他了。

布拉姆看着我，哈哈笑了起来。"西蒙，注意你的表情。"

她们弹了迈克尔·杰克逊的《比利·珍》，要说她们还真不是盖的，绝对地精彩。女孩子们都站起来，在过道里跳舞。跟着，她们又表演了丘尔的《宛如天堂》。泰勒的声音悦耳动听，音色很高，唱来轻松自如，简直堪称完美。可我依然很震惊，有些无法接受眼前的一幕。

布拉姆说得对，人真的很像一所房子，房间很宽敞，窗户却很小。或许这是件好事，因为这样一来，我们就能不断地带给彼此惊喜。

"诺拉真不赖，对吧？"尼克向我靠过来说。

"你早知道了？"

"我和她一起训练好几个月了，但她不让我告诉你。"

"真的？为什么？"

"因为她知道你一定会大惊小怪。"

我是说，这就是我们家。一切都是秘密，因为一切都是大事。所有的一切都跟出柜一样，是件大事。

"我爸妈没看到这一幕，否则他们一定会发疯的。"

"呃，我已经叫他们来了。"尼克说着一指过道对面，我看到他们坐在几排之前，不过只能看到他们的后脑勺。他们靠在一起，头碰着头。跟着，我注意到我妈妈身边有个人，一头深金色头发乱糟糟地梳成一个发髻。奇怪的是，那个人很像爱丽丝。

诺拉微微笑着，一头卷发松散地披着，我的喉咙里真的好像哽住了一个硬块。

"你看起来真的很骄傲。"布拉姆小声说。

"是呀，这感觉很奇怪。"我说。

接下来，诺拉的手依旧放在吉他的琴身上，泰勒不再唱歌，大家都停止了演奏。只有利亚，带着坚定的表情，表演了我所见过的最惊人的架子鼓独奏。她目光专注，脸颊绯红，看起来非常动人。要是我告诉她我这么觉得，她一定不会相信。

我扭头看布拉姆，他正面朝着另一边的加勒特，看他的脸颊，我就知道他在笑。加勒特摇摇头，笑着说："我不想听，格林菲尔德。"

歌曲结束，人们开始欢呼，观众席照明灯也亮了。人们从我们身边走过，开始向大厅走去。艾比直接来到我们身边。然后，一个留着棕色头发、红色短胡子的男人走到我们前面一排，那里已经空无一人。

他对着我笑。

"你肯定是西蒙。"他说。

我点点头，有些糊涂。他看起来有点眼熟，但我就是想不起他是谁。

"嗨，我是西奥。"

"西奥……爱丽丝的西奥？"

"可以这么说。"他笑了。

"她来了吗？你们来这里做什么？"我下意识地看向我爸妈坐过的那排座位，只是那里已经空了。"见到你很高兴。"我又说。

"我也是。爱丽丝在大堂，她让我带个口信给你，还有布拉姆。"

我和布拉姆看了彼此一眼，尼克、艾比和加勒特饶有兴致地看着我们。

"好吧，她让我告诉你们，你的父母想邀请你们去瓦西提餐馆吃饭，不过你们应该回答说去不了。最好是说你们要做作业。"

"什么？为什么？"

"因为，"西奥点着头说，"因为去那里要半个小时，回来要半个小时，还要花时间点餐和吃东西。"

"但这真的很值得，"我告诉他，"你有没有吃过那家店的霜橙？"

"没有。"西奥说，"因为到目前为止，我在亚特兰大只待了五个钟头。"

"可为什么她不希望我们去？"

"因为她希望能给你们两个小时在家里独处。"西奥眨了眨眼睛。

"哦。"我两颊发热。尼克哼了一声。

"好了，"西奥对布拉姆笑了一下，"那外面见吧。"他向大厅走去。

我看着布拉姆，他的双眼里满是调皮的期待。这和他平时的样子可完全不一样。

"你知道这事？"

"不知道，"他说，"但我赞成。"

"我是说，让我姐姐安排整件事，感觉有点恐怖。"

他咬着嘴唇笑了。

"不过也很棒。"我承认。

我们来到大厅，我直接走到爱丽丝面前。布拉姆在后面，与尼克、艾比和加勒特站在一起。

"真不敢相信你回来了。"

"那个，"她说，"小尼克·艾斯纳告诉我发生了些大事。我很抱歉上周没来看你的演出，老弟。"

"不要紧。我见到西奥了。"我压低声音说，"他很酷。"

"哈哈，是呀，是呀。"她害羞地笑了，"哪个是你的男朋友？"

"穿灰色拉链毛衣那个，就站在尼克旁边。"

"我撒谎了，我在'脸书'上找过他。"她说着拥抱了我一下，"他很可爱。"

"我知道。"

就在此时，侧门开了，表情符号乐队的女孩子们走进大厅。诺拉一看到我们就大叫起来。

"爱丽！"她叫着朝爱丽丝飞奔过去，"你怎么来了？你为什么没在康涅狄格州？"

"因为要来看你这个摇滚明星啊。"爱丽丝说。

"我才不是摇滚明星。"诺拉说着咧开嘴笑了。

我爸妈送了一大束鲜花给她,他们花了大概五分钟滔滔不绝地夸赞她弹吉他的技巧有多好。跟着,他们又夸了乐队的其他人和艾比。诺拉在和西奥说话,我的父母和布拉姆握了手,泰勒和艾比在拥抱。这一幕像是在梦中,但棒极了。

我走到利亚身边,她笑了,耸了耸肩。我用力抱了抱她。"你太出色了,"我告诉她,"你一直把我蒙在鼓里。"

"他们让我借用学校的架子鼓。我是自学的。"

"你打了多久了?"

"大约两年吧。"

我看着她。她咬住嘴唇。

"我是不是棒极了?"她笑着问。

"是的!"我说。我还想说我很抱歉,可我只是又拥抱了她。

"好啦。"她说着扭动了一下。但我看得出她在笑。

我亲了她的额头一下,她竟然脸红了。利亚脸红的时候真的非常性感。

然后我爸妈走过来,提议到瓦西提餐馆庆祝一下。

"我还有作业要写。"我告诉他们。

"你确定,孩子?"我爸问,"要不要我给你带一份霜橙回来?"

"两份吧。"爱丽丝说完就笑了。

爱丽丝让我一直开着手机,这样她就能在回来的时候给我发短信。

"还有别忘了霜橙。"

"西蒙，鱼和熊掌不能兼得。"

"我要大份的，纪念杯装的，嗯。"我笑着揽过爱丽丝的肩。

还有很多人在向停车场走去。我要和布拉姆一起回去。大庭广众之下不适合牵手，这里可是佐治亚州。所以我只是在他身边走，拉开一段距离。只有几个人在周五晚上出来闲逛。只是我们周围的空气像是充满了电流。

布拉姆把车停在停车场里的高架区域，而且是最高层，他站在楼梯顶端打开车门，我绕到乘客门。轰隆一声，我旁边的那辆车启动了，把我吓了一大跳。我等那辆车开走，好打开车门，不过那个司机并没有动。跟着，我向车里一看，发现那人居然是马丁。

我们就这样对视着。我很惊讶他在这里，因为他今天并不在学校。这表示自从他给我发了邮件，我都没有见过他。

他用手捋捋头发，动了动嘴巴。

我看着他。

我没有给他回邮件，暂时还没有。

我不知道。

不过外面很冷，所以我钻进车里，透过车窗看着马丁把车开出停车位。

"暖和了吗？"布拉姆问。我点点头。"那我想我们要去你家了。"

他听起来有点紧张，我也跟着紧张起来。"可以吗？"

"可以。"他说着看了我一眼，"我是说，可以。"

"好。"我说。我的心怦怦直跳。

和布拉姆一起走进玄关就好像头一次看到这个地方。木镜台贴墙放着，刷的漆杂乱无章，上面摆满了目录和垃圾邮件。墙上挂着一张鼠来宝带框画，是诺拉在幼儿园画的，看起来挺恐怖的。只听"咚"的一声，比伯从沙发上跳下来，蹦跳着向我们跑过来，弄得乒乒乓乓一通乱响。

"嗨。"布拉姆蹲下来说，"我知道你是谁。"

比伯伸着舌头，热情地欢迎他，布拉姆惊讶地笑了。

"你对我们两个都很有吸引力。"我解释道。

他轻轻亲了亲比伯的鼻子，跟我走进客厅。"你饿吗？"我问，"渴不渴？"

"我很好。"他说。

"我家可能有可乐。"我真的非常想吻他，我不知道自己为什么会踌躇不前，"想不想看点什么？"

"当然。"

我看着他。"我不想。"

他哈哈笑了。"好的，那我们就不看。"

"想不想看看我的房间？"

他又露出了调皮的笑容。所以也许这就是布拉姆的风格，也许我还需要进一步了解他。

楼梯边的墙上挂着相框，布拉姆停下来看了每一张相片。"这是著名的垃圾桶装。"他说。

"那是诺拉最美好的时光。"我说，"我都忘了你知道这事。"

"这是你和那条鱼，对吧？一看就知道你特别兴奋。"

照片中的我六七岁，被太阳晒得满脸通红，尽可能把手臂伸得远远的，拿着鱼线，线上有一条被钓上来的鱼。我的样子看起来好像就要被吓哭似的。

"我一直都很喜欢钓鱼。"我说。

"真不敢相信你以前是金发。"

我们走到楼梯顶端，他抓起我的手，握了一下。"你真的来这里了。"我摇着头说，"到了。"

我打开门，在我们走进去的时候把衣服踢到一边。"这些……不好意思。"一堆脏衣服堆在空洗衣篮边上，一堆干净衣服堆在空衣橱边上。到处都是书和纸。书桌上有一个金鱼牌饼干的空包装袋，边上是笔记本电脑、塑料机械臂和一个坏掉的闹钟。背包放在书桌椅上。带框的唱片封面歪歪斜斜地挂在墙上。

不过我的床倒是很整齐。于是我们坐在床上，靠着墙，腿伸在前面。

"你在什么地方给我发邮件？"他说。

"通常都在这里。有时候在书桌。"

"哈。"他点着头说。我探过身，轻轻地在他下巴下面的脖子上落下轻轻一吻。他扭头看着我，吞了吞口水。

"嗨。"我说。

他笑了。"嗨。"

跟着，我们真真正正地接吻了，他回吻我，抓住我的头发。我们忘情地吻着，好像亲吻就是我们的呼吸。我的心不规则地跳动着。不知怎的，我们躺了下来，他用手抚摸我的后背。

"我喜欢这样。"我说，我有些上气不接下气，"我们应该每天都这么做。"

"好。"

"我们不做其他事情。不上学，不吃饭，不写作业。"

"我还想邀请你去看电影呢。"他笑着说。看到他笑，我也笑了。

"不看电影。我讨厌电影。"

"真的吗？"

"真的，真的。我明明可以吻你，"我说，"那为什么还要去看别人接吻？"

我估摸他没法和我争辩这个，所以才把我拉近，急切地吻了我。忽然之间，我硬了，我知道他也是。这真是太刺激了，很奇怪，也很让人害怕。

"你在想什么？"布拉姆说。

"你妈妈。"

"不。"他哈哈笑着说。

可我说的是实话。特别是她说的那个规矩：每次都要实践安全的性行为，包括口交。因为我现在才想到，我也要遵守这条规矩，总有一天。

我在他的唇上轻轻一吻。

"我真想带你出去。"他说，"要是你不讨厌电影，你想看什么片子？"

"随便。"我说。

"爱情片？西蒙式的电影，有大团圆结局。"

"为什么就没人相信我是个愤世嫉俗的人？"

"哈。"他笑了。

我趴在他身上，让自己放松下来，把头埋在他的颈窝。"我喜欢没有结局。"我说，"我喜欢所有的事情都不会结束。"

他搂紧我，亲吻我的头，我们就在那里躺着。

过了一会儿，放在我牛仔裤后裤袋里的手机震了一下，是爱丽丝。

下高速公路了。做好准备。

收到。谢谢，保罗·列维尔[1]。我把手机放在布拉姆的胸口上打出了这些字。

跟着，我又飞快地吻了他一下，然后，我们都站起来，伸伸手臂，各自去了一趟卫生间。等到我家人回来的时候，我们都坐在客厅的双人沙发上，中间摆着一堆课本。

"嗨。"我从作业纸中抬起头来，"吃得怎么样？顺便说一句，布拉姆过来和我一起念书。"

"我肯定你们一定很有成效。"我妈说。我抿住嘴唇。布拉姆轻轻地咳嗽了一声。

从她的表情我能看得出来，一场对话即将到来。我们即将在尴尬中讨论某些事情的规矩。她又会大惊小怪。

不过这可能的确是件大事。特别特别大的事。

或许这正合我意。

---

1 美国独立战争时期的著名人物，在列克星顿和康科德战役前夜警告殖民地的民兵英军将至。

图书在版编目（CIP）数据

爱你，西蒙/［美］贝奇·艾伯特利著；刘勇军译 — 上海：
上海三联书店，2018.11
ISBN 978-7-5426-6474-7

Ⅰ.①爱… Ⅱ.①贝… ②刘… Ⅲ.①长篇小说—美国—现代
Ⅳ.① I712.45

中国版本图书馆 CIP 数据核字（2018）第 208223 号

爱你，西蒙

著　　者 /［美］贝奇·艾伯特利
译　　者 / 刘勇军

责任编辑 / 职　烨
策划机构 / 雅众文化
策 划 人 / 方雨辰
特约编辑 / 吴赛嶷
装帧设计 / 田　媛
监　　制 / 姚　军
责任校对 / 林小慧　魏钊凌

出版发行 / 上海三联书店
　　　　（200030）中国上海市漕溪北路 331 号中金国际广场 A 楼 6 层
邮购电话 / 021-22895540
印　　刷 / 山东鸿君杰文化发展有限公司

版　　次 / 2018 年 11 月第 1 版
印　　次 / 2018 年 11 月第 1 次印刷
开　　本 / 880 × 1230　1/32
字　　数 / 188 千字
印　　张 / 8.5
书　　号 / ISBN 978-7-5426-6474-7/ I · 1449
定　　价 / 45.00 元

敬启读者，如发现本书有印装质量问题，请与印刷厂联系 0533-8510898